相约名家·冰心奖获奖作家作品精选

高长梅　王培静◎主编

海外见闻

凌鼎年　著

九州出版社
JIUZHOUPRESS
｜全国百佳图书出版单位

海外见闻

图书在版编目（CIP）数据

海外见闻 / 凌鼎年著. -- 北京：九州出版社，2013.5（2024.4
重印）

（相约名家·冰心奖获奖作家作品精选 / 高长梅，王培静主编）

ISBN 978-7-5108-2066-3

Ⅰ.①海…　　Ⅱ.①凌…　　Ⅲ.①游记 – 作品集 – 中国 –
当代②散文集 – 中国 – 当代　　Ⅳ.①I267

中国版本图书馆CIP数据核字（2013）第084703号

海外见闻

作　　者	凌鼎年　著	
出版发行	九州出版社	
地　　址	北京市西城区阜外大街甲35 号（100037）	
发行电话	（010）68992190/3/5/6	
网　　址	www.jiuzhoupress.com	
电子信箱	jiuzhou@jiuzhoupress.com	
印　　刷	三河市恒升印装有限公司	
开　　本	710 毫米×1000 毫米　16 开	
印　　张	11	
字　　数	158 千字	
版　　次	2013 年 5 月第 1 版	
印　　次	2024 年 4 月第 8 次印刷	
书　　号	ISBN 978-7-5108-2066-3	
定　　价	49.80 元	

出版说明

冰心是我国现代文学史上著名的作家，她的儿童文学作品和散文在中国文学史上占有重要位置。

这里所说的"冰心奖"包括"冰心儿童文学艺术奖"和"冰心散文奖"。

"冰心儿童文学艺术奖"创立于1990年。创立以来，它由最初的单一儿童图书奖，发展为包括图书、新作、艺术、作文四个奖项的综合性大奖，旨在鼓励儿童文学作品的创作出版，发现、培养新作者，支持和鼓励儿童艺术普及教育的发展。其中，"冰心儿童文学新作奖"与"宋庆龄儿童文学奖"、"陈伯吹儿童文学奖"、"全国儿童文学奖"并称国内四大儿童文学奖。

"冰心散文奖"是一项具有权威的全国性的散文大奖。冰心生前曾是中国散文学会名誉会长，"冰心散文奖"是遵照其生前遗愿而设立的，旨在彰显我国散文创作的成就，不断评选出题材广泛、思想敏锐、着力表现现实生活，创作形式风格多样的优秀散文。"冰心散文奖"是与"茅盾文学奖"、"鲁迅文学奖"并列的我国文学界散文类最高奖项，也是中国目前中国散文单项评奖的最高奖。

《相约名家·冰心奖获奖作家作品精选》共收录近年来荣获"冰心儿童文学艺术奖"和"冰心散文奖"的三十位作家的作品。这些作品无论是小说还是散文，或抒写人间大爱，或展现美丽风光，或揭示生活哲理，或写实社会万象，从不同角度给青少年读者以十分有益的启迪。

随着中小学课程改革的深入与发展，让中小学生多读书、读好书早已成为共识。我社推出本套大型丛书，希冀为提升中国的基础教育、为青少年的健康成长尽一份力。

九州出版社

CONTENTS

目录

CONTENTS

目录

第三辑　　**印尼观感**

CONTENTS

目录

CONTENTS

目录

CONTENTS

目录

第六辑　**奥地利之行**

005

CONTENTS

目录

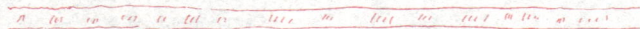

Ma Lai Xi Ya Su Miao

马来西亚素描

马六甲的峇峇街

说来惭愧，"峇"这个字的读音，是我这次到马来西亚后才知道的，记得 1994 年去新加坡开会时，新加坡作协会长黄孟文给我的名片，其地址里就有"峇峇区"的字样。回来一查《新华字典》没这个字，以为是译音的关系或者是土音的关系，属当地的地方音，就没深究。不想这次去马六甲海峡，方知这个字不但大有来历，还与我们中国与我的家乡太仓大有关系呢，这自然引起了我极大的兴趣。

原来，这峇字读 bā，《现代汉语词典》上注释为"峇厘，印度尼西亚岛名"。但当地人却告诉了我们一个值得一听一记的历史传说。

"峇"的原始意思我一时无法考评，只知道郑和七下西洋过程中，其庞大的船队曾数次到达马六甲海峡，期间有一部分随船的水手，因种种原因留在了当地，并娶了当地马来姑娘为妻，后生下的混血儿被称为峇峇一族。这些中国人与马来人后裔集居的一条街就被称之为峇峇街。据史书记载：郑和下西洋是从明永乐三年（1405）开始的，距今六百年历史了，明代时，中国经济已很发达，文明已很进步，这种背景优势，加之中国人生性勤劳肯动脑筋，因此峇峇族很快在当地脱颖而出，富了起来，这峇峇一条街也就越建规模越大，日趋繁华。

后来西方传教士来到马六甲后，见峇峇族拜孔子拜老子拜关公拜观音拜玉皇大帝，不拜耶稣，很是不满，可又惧于峇峇族很有势力，也不敢轻举妄动。他们分析来分析去，认为峇峇族所以如此发达是因为占了好风水，只要破了峇峇族的好风水，峇峇族必衰。后，他们重金雇请风水先生来实地测看，风水先生说，这峇峇一条街，正好建在山蜈蚣精的背上，故走到哪活到哪，发到哪，须制住这山蜈蚣精，方能遏制峇峇族的发展。于是，传教士就在峇峇一条街上方的半山腰上建了一教堂，这教堂的顶端不是竖一个十字架，而是立了只铁公鸡，意为鸡吃百脚，以克住峇峇族。据说这后来峇峇果然式微——这些都是导游告诉我们的，只能姑妄听之，当不得信史的。不过想来事出有因，不见得完全凭空臆说吧。

郑和下西洋当年是从江苏太仓刘家港始发的，太仓乃我家乡，说不定这峇峇一族中的祖先也有我家乡人呢。因此为了多些感性认识，我特地去了趟峇峇街。

峇峇街已很古老，走在峇峇街上，有如充当了 20 世纪二三十年代电影里的一个什么角色，看着那老式的建筑，那古老的店招，那店里的摆设与出售的纸伞、木屐、香烛、灯笼、棺材等，仿佛时光倒转了。

我看到了不少老式建筑门前挂着堂名，写着对联，诸如荣阳堂，对联乃"荣流绵世泽，阳礼习宗祠"，因时间关系，我未及细看一家一户门口的文字，很可惜。这些在大陆经过十年浩劫后已很难觅见影踪了，想不到在马六甲峇峇街上还都保存着，令我感慨万千。

马六甲观光

早在学生时代，我就听说了马六甲海峡。我相信，中国读过点书的几乎没有不知道马六甲海峡的。所以我去马来西亚前就有一个想法，即使马来西亚别处都不去，马六甲海峡是不能不去的，我甚至有一个偏执的想法：假如不到马六甲海峡，岂不等于到了北京不到天安门广场，到了上海不到外滩，这将是多么遗憾的事啊。

去了马六甲才知道，马六甲与马六甲海峡其实是两个概念，马六甲是目前马来西亚最大的一个州，旧时也译为麻六甲。而马六甲海峡是指马来半岛与印度尼西亚苏门答腊岛之间的海峡。不过两者又是割不断的，换句话说，没有马六甲这地名，也就没有马六甲海峡这叫法。

马六甲是个古老的海港城市，建于 15 世纪初，曾有过它不同凡响的辉煌。如今马六甲的政治、经济地位虽已让位于吉隆坡等大都市，但作为马来西亚人口密度最大的一个州，作为一个历史悠久的州，马六甲至今保留下了若许历史的遗迹，供人游览，供人凭吊。作为一个华人数百年前就参与开发的州，这里也留下了不少有关华人的传说，以及抹不去的历史印痕。留给我印象较深的是三宝山、三宝井、三宝祠等，还有维多利亚喷泉，既像小型的宝塔，又像大型的经幢，雕刻极为精美。旁边有一座古老的钟楼。据说马六甲刚开发时，当地人日出而作，日落而息，有一华人富商为了让当地人知时守

时，就捐资造了这么个钟楼，那钟楼东西南北四面有钟，且按点报时，早先马六甲不大，钟声在海风的吹拂下，在宁静的港湾可传得很远很远，也就成了有益地方的便民钟了，因此，时代虽进步了，这钟楼依然未拆，成了当地人文景观之一。

在钟楼与维多利亚喷泉周围，还有多棵叫不出名的热带树木，树干斑斑驳驳，需几人合抱，少说也有三四百年树龄，这也昭示了马六甲历史的悠久与这里民风的淳朴。

马六甲除了红房子教堂、峇峇街这些历史遗迹外，最古老的当数古城堡了，那石头堆砌的城堡也不知哪个年代建造的，反正望过去，每一块石缝中似乎都渗出无限沧桑来。在古城堡前还有老式火炮两门陈列着，已被游人抚摸得锃光锃亮，想来是当年抗击外族侵略的遗存吧。

抚摸着无语的炮身，我想得很多很多。在明朝时，我国的郑和就率宝船到达过马六甲，可说是举世闻名，前无古人，值得史学家大书特书的是郑和每到一地，不是像后来的哥伦布，像当年葡萄牙、荷兰与英美帝国主义一踏上岸就宣布为殖民地，以占领、统治为手段，以掠夺、剥削为目的。郑和宝船到了这里，所做的是传播中华文明，物物交流，互通有无，在很大程度上促进了当地生产力的发展，因此当地人民至今纪念郑和。

为了一睹马六甲海峡的风貌与神韵，我们特地驱车去了海边。确实，那儿是个很美的港湾，站在伸向海中的长堤，眺望两边，沿海岸线已建造起了不少高楼大厦，点缀得马六甲海峡更多姿多彩了。

也许是港湾的原因吧，海水出奇的平静，远处有一个岛隐隐约约，也不知是不是苏门答腊岛。站在这儿我眼前竟自然而然幻化出郑和宝船当年靠岸时的盛景。

站在长堤上拍照时，我下意识地张开了双臂，仿佛要拥抱马六甲海峡似的。当时我有一种冲动，我想对着马六甲海峡喊；我终于见识你了，马六甲海峡！你将永远留在我美好的记忆里。

郑和井与三宝山

要说马来西亚最吸引我的首推马六甲海峡,而马六甲海峡最诱惑我的,无疑是五百多年前郑和下西洋时留下的当地的遗迹。

我不是研究郑和下西洋的专家,但郑和下西洋是从我家乡太仓刘家港起锚扬帆的,故我对这举世闻名的壮举一直很有兴趣,加之我还是当地郑和研究会的理事,因此我有机会考察郑和在海外的遗迹,实属机会难得,岂能轻易放过。

一路上,导游滔滔不绝讲开了。他告诉我们那座不高的山叫三宝山,又叫中国山,山中有一万二千多个中国的坟墓,这些坟墓不像旧时中国的坟墓堆个土馒头,再竖一块墓碑,而是几乎与地面齐平,大都"且"字状,整个山上绿树成荫,鲜花成丛,鸟鸣其中,虫鸣其中,并无丁点阴森气氛,据说这儿如今成了园林式墓园,是不少华裔最爱来的地方,还有年轻人谈恋爱也跑到这山上呢,听得我们似信非信。

这座山的位置在马六甲绝对可算黄金地段,若开发成别墅区或娱乐区,必大有利润可图,因此地方政府曾打过此主意,试图收回,后,华裔与之打官司,拿出来足够的证据,这才保住了这座三宝山。

顾名思义,三宝山必与三宝太监郑和有关,我猜测,这座山上最初埋的中国人可能是随郑和下西洋的人员,以及他们的后人。

在三宝山的山脚下，有座三宝祠。在三宝洞后有座三宝井，亦即郑和井。井的四周用花岗石条石铺地，一看便知年代相当久远了。可惜这郑和井处在三宝祠后院的山脚下，又无任何指导牌或其他文字说明，若无导游指引，恐怕不易找到，就算见到了也想不到这就是郑和井，看来他们的旅游意识还是不强，没好好利用这老祖宗留下的旅游资源。

同去的作家韩英是广东佛山市人大的主任，他对郑和也充满敬意，一直在寻找是否有与郑和有关的旅游纪念品，遗憾的是无处寻觅。

后来我们在三宝祠前门的第一进院落里发现有一郑和石雕，那郑和头戴官帽，身披战袍，背后横挂一宝剑，郑和一手捋袍，一手抚剑，两眼遥望远方，虎虎有威。底座上则浅浮雕刻着郑和宝船扬帆远航的壮观景象。发现此像后，我们一一在郑和石像前摄影留念，令人不满足的是此石像小了一点，要是雕个高大魁梧，树在庭院里，那该多好。

三宝祠出来，我有几个想法：

1. 建议在郑和井边上树块碑，用中文、英文、马来文三种语言把郑和井的来历与传说刻上，以供游人了解与摄影留念。

2. 郑和石像雕个高大一点的，底座上也可用三种文字镌刻郑和业绩，以及他与马六甲的关系。

3. 马来西亚一向以出产锡著名，可制作一些锡质的郑和像，作为旅游纪念品出售，相信会受到各国游客欢迎，尤其是中国游客的喜爱。

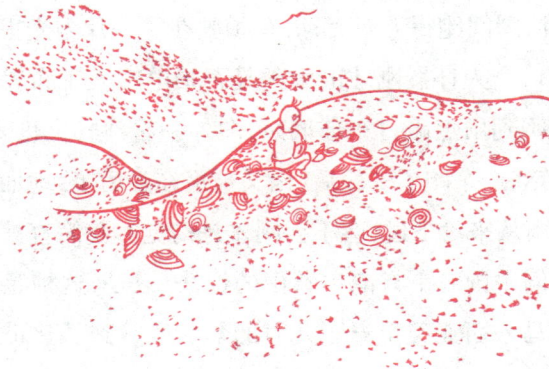

马来西亚之雨

马来西亚属热带雨林气候,常年高温多雨,据说年降水量 1500~2000 毫米,山地多雨处要高达 6500 毫米。比这我家乡的年降水量至少翻了一番。到了机场,在候机室坐定后,才想起忘了带雨伞,于是,我有了淋一淋马来西亚之雨的思想准备。

飞机在马来西亚国际机场一着地,就发现停机坪是湿的,显然刚下过大雨,但老天知道我没带雨伞,很照顾我,我人到雨停,一滴雨也没淋到。

去马六甲海峡那天,吉隆坡是个晴天,马六甲海峡也是晴天。司机兼导游对我们说:"你们运气真好。"言下之意,马六甲之雨没来找我们麻烦。

但归途中,那天气说变就变了,突然哗哗哗下起了大雨,打在风挡玻璃上极有力度,仿佛要让我们见识一下马六甲海峡之雨。然而奇怪的是这雨下了不到一刻钟,瞬间跑得无影无踪,车子驶在了一片阳光里,地面干干的,连毛毛雨也没有,令人怀疑刚才的大雨是否拍电影人工布置的。正七想八想之时,蓦然又听到雨点敲打车玻璃声,向外一看,哇,又进入雨区,老天好像在与我们玩游戏。车跑了一段后,雨又被甩在身后了,地面上没有任何雨痕,给人感觉那雨从来没下过,会不会刚才是幻觉?我简直被闹糊涂了。

印象中,我们中国乡下有隔牛背雨的说法,只是,这种感觉已不那么真切了,想不到在马来西亚又重温了儿时的梦。欣赏到了热带雨林气候的变

海外
见闻

化无常,领略了马六甲说风是风,说雨是雨,来也匆匆,去也匆匆的风与雨。

或许是雨量充沛的缘故,马来西亚多常绿雨林,公路两旁到处是树,漫山遍野到处是绿。应该说马来西亚的雨是有功劳的,因此,见识见识马来西亚的雨,不但有趣,还有意义。

马来姑娘

马来西亚这国家虽说是中国血统的、马来西亚籍人,与印度人、巴基斯坦人不少,但至少有一半是马来人,马来人的特点是肤色比我们中国人黑一点。不过马来人除了肤色黑一点,多数小伙子长得很英俊,姑娘长得蛮漂亮,用沪上俗语即谓"黑里俏"、"黑牡丹"。

马来姑娘几乎都用纱巾包着头,只露出脸盘子,那些纱巾五颜六色,色彩缤纷,因此那些马来少女越发婀娜多姿,妩媚动人。开始我以为头上纱巾是为了挡灰尘,但想想又不必。马来西亚是个热带国家,每天可洗澡洗发,再说生活在常年高温的气候下,包着头不是更热了吗?或者这是什么风俗,说不定还有什么稀奇古怪的故事呢。于是我专门请教了当地华裔作家,他们告诉我:马来西亚是一个以伊斯兰教为国教的国家,而在伊斯兰信徒眼里,女人的头发是女人特有的,是很性感的东西,是不宜为异性随便瞧见的,为此原因马来姑娘都用纱巾包着头,就像有些民族要求女人用纱巾遮着脸一样。

或许是伊斯兰教在男女问题上比较严肃,或者说对女性要求比较严,因此我在马来西亚期间，未见到"三陪女"及有做"鸡"嫌疑的。我下榻的四星级的洲际大酒家，不见一个三陪女进进出出，晚上也无骚扰电话打进来，似乎比我们中国还干净，不知是我未见到呢，还是确实如此。

那天在马六甲，我见三个马来姑娘坐在路旁的长椅上候车，她们的服饰不但款式与中国姑娘不同，且色彩艳丽，我想若拍下来题上"马来少女"之名一定很美，于是我就举着相机走了过去，谁知那三位马来姑娘见我要拍她们，一个个害羞得低下了头。我说："抬起头来，我给你们留个纪念。"可惜她们听不懂，其中有个姑娘也说了几句马来话，可惜我也听不懂，这时车来了，我赶紧拍了一张，只是效果不大理想。我真想拉住她们，认认真真拍一张。

陪我们前往的当地华裔告诉我：马来姑娘是不准随便与异性接触的，一般也不允许陌生男子拍照。刚才若被那三位马来姑娘的家里人看到了，说不定会惹些麻烦出来。说得我倒有些后怕起来。

不过我总怀疑这话有水分，因为我举起相机时，三个马来姑娘虽害羞状转头、低头或掩面，但依然笑嘻嘻的，并无丝毫恼怒之色，或许我是中国人的缘故吧，或许她们断定我这个外国人举相机也是一种友好友谊的表现吧。

参观锡制品加工厂

马来西雅盛产锡，其产量占世界第一位，这是我出国前就知道的。但对金银铜铁锡，排名于金属第五位的锡，我的了解远不及金银铜铁。在我记忆

里,与锡有关的无非是香烟盒里的锡纸,迷信用的锡箔,以及装茶叶的锡罐。小时候还见过锡匠,不过已是很遥远的记忆了。

会议期间,东道主安排我们去几个旅游景点观光,因作协的人要参加大选,观光就委托给了旅行社。

可能全世界的导游都差不多,她在安排观光时夹带了私活,把我们带到了大马锡器有限公司的一家锡工厂。当然导游带我们到锡工厂并不是要我们增知长识,只是想让我们这些他们眼中的老外通过参观有点感性知识,最后让我们掏兜购买,导游可从中索取回扣。不过也算歪打正着,让我见识了锡制品加工厂。

实事求是地说,比起那些现代化的工厂,这里条件是比较简陋的,一个工人一台机器,半手工操作。有点像大陆车木行的小车床,车出初步形状来,再经过雕刻、拼贴、焊接、打磨等工序,一件锡制品就算完成了。

生产工人几乎都是马来血统的当地人,也有少量华人华裔,蓝眼睛高鼻梁的一个也没见到。

在车间进门处墙壁上,挂着不少图片与文字说明,堪称一部马来西亚锡矿、锡制品发展的简史,可惜我来不及记录,只记住了吉隆坡早先是个小村庄,19世纪50年代随着华工开发锡矿而形成城市。我不知该悲哀还是该骄傲,一种很复杂的心绪萦绕着我。

匆匆观看了锡制品制作后,醉翁之意不在酒的导游终于把我们导到了该公司的锡制品阵列大厅,说是样品阵列大厅,实际上是个选购大厅,大厅的三面壁橱里全是各式各样的锡制品,并一一标着价钱。有工艺品,有日用品,有散件的,也有成套的。最便宜的旅游小玩意儿,那浅浮雕双塔图案的小盘子也要20马币一只,合50来元人民币呢。稍像样点的东西,至少要一二百马币。因有人去过马六甲等旅游点,互相在说,这儿价钱一点不便宜,外面也是这个价,外面还可还价,这儿还不能还价。这一传,大家都嫌贵,也就看的人多,买的人少。导游见没有激起大家的购物欲,就找服务小姐嘀咕了一阵,这些服务小姐心领神会,走到我们中间,拿起锡制品翻过来,指着底部的一个不知为何物的标志说："请认准这标志，我们这儿是正宗产品，如假包换……"服务小姐的这一番话多少打动了一些本来犹犹豫豫，买还是不买，举棋不定的人，竟出现了一个小小的选购潮。

或许是过去向来有锡罐装茶叶保鲜不透气不串味的说法，因此有些人买了锡罐，每只要合人民币两百来元呢。

我在里面转了一圈后，发现这里的服务小姐竟清一色是华人华裔，且都能讲一口较为纯正的汉语普通话，与加工厂里几乎都是马来人形成鲜明对比。我想，这可能与来这里购物的不少是中国人有关。过去，中国人在海外，被普遍认为是最没钱，最舍不得花钱的穷白相一族，近几年这种印象大有改观，甚至在新马泰已有不少旅游景点上做生意的，把中国游客当作了财神菩萨。

人其实是很容易受诱惑的，我因了"正宗"两字，最后也花29马币买了一只马来风格的工艺小水壶，虽只10厘米高，不过造型还蛮别致的，我有点爱不释手。

临离开吉隆坡那天，有人告诉我：他们在我们下榻酒店对面的大商场里见到了同样的锡制品同样的价格，但导购小姐指指打折的告示，欢迎大家去选购，原来，这里所有锡制品全都打对折。那些花了数百上千元购买过锡制品的，一个个大呼上当，那导游自然也少不了要被人骂几句，不知她耳热不耳热？

记得那导游一上车就很热情地向大家说：谁要马币，她可以代为兑换，100元人民币换36元马币，后来知道．当地大商店的兑换处100元人民币可兑换42元马币，一进一出间，导游又赚了不少。

吃一亏长一智，总而言之，买东西货比三家不吃亏。只是游客大都行程匆匆，多数人哪有时间货比三家呢。

我的观点，吃亏不吃亏不必计较，重要的是你到底喜欢不喜欢。

马来西亚的绿化与环保

马来西亚在绿化方面给我印象最深的是树多、树绿，处处有古树，处处有绿林。

马来西亚的油棕产量居世界第二位，由此油棕树就像国树一样，行道树有油棕，观赏树有油棕，旅游点有油棕，山野里有油棕。从马来西亚国际机场到吉隆坡闹市区要 80 公里行程，而这一路上，公路两旁几乎都是成片成片的油棕树。那方方整整的排阵，有似中国古代的井田，一看便知是人工种植的。从飞机上鸟瞰，那一块绿，一片绿，犹如万顷地毯铺向远方，整个儿一个绿色世界。

油棕树是一种极上照的树，树干斑驳，树叶舒展，正好刚与柔结合，站在树旁摄一张就是幅典型的热带风情照片。

在马六甲的独立广场四边，那高大的油棕可能有百年以上的树龄了，一棵棵全都结满了油棕果，那油棕果一嘟噜一嘟噜的，壳硬硬的，呈紫褐色，那打出的棕油是好东西呢。

马来西亚还有不少俗称为"导弹树"的植物也很有观赏价值，这种树高大挺拔，主干如一枚欲与天公试比高的导弹，谁想出"导弹树"这名称，有意思。

马来西亚可能也是东南亚诸国中热带雨林残存较多的一个国家，那种原始状态的林带还有不少未惊动过，远望之，莽莽苍苍，无限绿意，可以想象，这其中必有许多得以保存下来的珍贵植物与动物。森林是地球之肺，是人类最友善的朋友之一，但愿这样的热带雨林能多保存一点下来。

也许，比起新加坡来，马来西亚的绿化还是有一定距离的，还未达到美化的高标准，但比起不少第三世界国家来，马来西亚的绿化肯定是走在头里的。

在吉隆坡闹市区，可说是寸土寸金，但绿化无疑摆到了相当的位置，有些商店、饭店门口，见缝插针种植了不少花木，大大美化了环境，像与我们下榻饭店毗邻的建筑前，那一丛丛比人高的仙人类植物既是一堵围墙，更是一个绝佳的景点。类似这样的匠心独运，不是一家两家，既增添了都市的绿意，又点缀了街道的美丽。

吉隆坡是个人口密度极高的城市，但在这喧闹的城市竟然时不时能见到鸟儿的踪影，在中国的大城市，除了麻雀与鸽子外，恐怕很难见到其他鸟儿的振翅。

在独立广场，我还见到一群八哥，大约有上百只之多，在草地上闲庭信步，犹如主人一样自由自在，我举起照相机悄悄靠拢，这些小精灵似乎并未感到任何威胁，依然不慌不忙地踱着步，寻着食，那安详的神态令我不忍心再靠拢过去，以免惊动它们原来平静而无忧无虑的生活。

我为这些鸟儿庆幸，庆幸它们觅到了自己的伊甸乐园。

想想我们国家一再有灭绝性捕杀鸟类的报道，两相对比，我感慨万千，看来，提高人的素质，提高环保意识，是我们在新千年中一个很重要很重要的任务。

马来西亚的汉字

在新马泰这三个东南亚国家,马来西亚最有异国风味,那随处可见的马来人,明显与华裔不一样。语言上就更难以沟通了,因为马来人都操一口马来语,即便你稍懂英语也不一定能畅快交流。

但说出来读者也许难以相信,在马来西亚这个国家,你到处都能见到汉字,除开《南洋商报》《星洲日报》《光华日报》《国际时报》等中文报纸外,大街上的店铺招牌,不少都是中英文对照的,特别是那些百年老店铺,那汉字招牌还做得挺大挺醒目的。在马六甲等早先华人集中的地区,汉字更是比比皆是。因实在太多,反倒记不清了,只依稀回忆得起有"丽宫大旅店"、"李氏摄影器材商行"、"达利渔具行"、"利兴金碹行"、"三谊眼镜店"、"国泰大旅店"、"保安堂"、"黄摩多公司"、"永潮兴纸厂有限公司",等等。

记得那天在锡辉(马)有限公司门口,还看到一份招工启事,竟也是用汉语写的,因车子要开了,我只记了没几行:申请资格:年龄 16 岁以上,学历小学六年级程度以上。主要招收生产操作人员与陈列室促销人员,每周工作六天,待遇是薪金 + 佣金,另外还有吃工作餐,享受医疗劳保等我记不清了。

还有在云顶娱乐城,可随便取的宣传资料,有汉字与英语的两种,而汉字宣传资料明显比英语宣传资料多。全是"如何投注及赢大奖"、"全新刺激博彩游戏,""公·和·花"、"金路彩票,一击即中!参与最后幸运号码"等字样。

娱乐城为吸引更多的各国游人掏兜参加下注,参加博彩,印刷了各种文字的宣传资料，对于这种商业行为，我们本无权说三道四，但当我在下榻的四星级宾馆洲际大酒店翻看那些马来西亚旅游景点宣传资料时，竟全部为英文，无一汉字，这不禁使我有些悲哀起来。至少说明这样一个事实，在马来西亚一些小商品市场及一些娱乐场所，中国人已被棒为赵公元帅化身，因此那些宣传资料，汉字标志都是冲着他们来的，但在上档次的星级大宾馆大饭店其主要服务对象还不是华人。我在洲际大酒家吃饭时，观察了一下，除了我们这些与会的，确实鲜见华人华裔，基本上是欧洲人与印度人、马来人。

　　如果说关于汉字还有什么值得一说的，那就是大选期间，满街的助选标语、口号，宣传画中，几乎一大半是有汉字的。如"迈向公正的马来西亚，请投替代阵线一票"、"请投舒蜜加一票"、"请投法拉利"、"请投人民党一票"、"国阵必胜"、"行动党勾结回教党"等，看来各政党都不敢忽视华人华裔选民手中的这一票，因此，宣传海报、助选张贴印得或大或小，再考究再漂亮，多数不忘再印上一行汉字，以博取识汉字的选民的好感，为助选起点作用。

　　看来，华人华裔在马来西亚的政治生活中，已不再是无足轻重，可有可无的了，这仅仅是从汉字的反复出现而透露出来的一点信息。

神奇的黑风洞

　　去黑风洞是个意外收获。

　　云顶下来，车子停在了一个山脚下，导游说，这儿是黑风洞，没什么好玩

的,这洞原来是岩燕与蝙蝠的洞穴,臭烘烘的,上去还要爬山。谁想去就去,都不去的话,休息二十分钟,方便方便就开车。

很显然,导游最好大家不去爬黑风洞,她也乐得省力点。

但我一听这是金丝燕洞穴,我来了兴趣,金丝燕的窝不就是燕窝吗?对,我想起来了,曾见书上介绍:燕窝就产在印度、马来群岛一带。这在其他地方可是想看也看不到的。我当机立断,决定去看一看。

据我知道,燕窝向来被认为是一种高级营养补品,是补肺养阴的。我虽未见过吃过,但知道这燕窝其实乃金丝燕的唾液,混合了纤细海藻、柔软植物纤维,以及小鱼小虾凝结于海边崖石上或洞穴壁上的巢窝。由于这些燕窝或筑在悬崖峭壁上,或筑在高高的穴洞壁上,采集不易,因此极为珍贵。印象中我不知在哪本书上读到过,这种金丝燕生性坚毅,假如有人把它的燕窝采集走了,它会再筑第二个,第二个再被采集走,它还会筑第三个,直到唾液渐干,把血吐出来也不肯停下筑巢,真所谓呕心沥血,而这带血的燕窝,据传说是最名贵的血燕窝。有人为了得到血燕窝,就一次次把金丝燕刚筑好的窝采掉,直到金丝燕筑成血燕窝,而一旦血燕窝筑成,这金丝燕往往也心力交瘁而死,想想这采血燕窝的手段真是太残忍了,不知那些权贵与太太小姐们怎么吃得下这种声声泪,口口血的血燕窝。

天公不作美,下起了雨来,两车子人才下了没几个,不过,我是下定决心非看不可,我独自一个人上了山。

从山脚下的建筑风格看,这儿像个印度神庙,山门上方塑了不少神像与白象等动物,那雕塑色彩艳丽,耀人耳目。

沿着那一级级的石磴就可直达黑风洞,有点类似泰山的十八盘,只是没那么高,没那么险。有意思的是山磴上有几十只长尾小猴子蹦着跳着,只是种微型猴子,像松鼠似的,特别轻捷。或许是从没人伤害它们,一只只没见哪只惧人的,人与猴和睦相处,其乐融融。

爬到半山腰向下一望,新加坡的董农政、艾禺、希尼尔与叶玉慧等也上来了,总算我不再是孤家寡人。

虽下着小雨，却爬得我汗涔涔的。

一到洞口，我第一个感觉是不虚此行，我为那些没上来的人可惜。我这人走南闯北，国内的名山大川几乎跑遍了，各种溶洞也见识了不少，但像黑风洞这样奇特的洞穴乃我平生之仅见——这黑风洞的第一奇特之处不似一般洞穴横向发展，纵深发展，而是竖向生成，有如一只倒扣的大钟形状，估计有好几百米高，抬头望，蔚为壮观；第二奇特之处是两洞相连，就像两只铜钟并列排着；第三奇特之处这两个洞穴一明一暗，各有特色。前两点或许好理解，这一明一暗颇叫人摸不着头脑。告诉你吧，所谓明，就是外面一个洞其实只大半个洞，靠山门处没有洞壁，那些钟乳石都裸露在外面，在阳光的照射下，别是一种韵味。

这山洞怎么会暴露于阳光下呢？

马来西亚朋友告诉我这样一个故事，也不知能不能当信史读。据说早年这儿是马共的秘密聚会地点，常在洞里召开马共领导绝密会议。后来，由于叛徒的出卖，在一次马共中央领导开会时，被特工人员预先埋了大量的炸药，会议开到一半时，炸药引爆，洞穴被炸塌一半，马共精英也就在爆炸中几乎丧失殆尽。这故事的政治色彩太浓，与目前洞里的宗教气氛不相和谐，不过似乎很好地解释了明洞的成因，姑妄听之吧。

对于马共的性质我不了解，不宜随便评之。但我听说近年马共又在积聚力量。前年武汉中南财经大学海外华文文学研究所的所长古远清教授应邀去马来西亚讲学，因只买了单程票，结果过关时被扣留了好几个小时，后来才明白，他被怀疑是去帮助马共的，这算是个小插曲，就此打住吧。

明洞的当中有一座钟乳石堆，在此拍照的人不少，或许成了明洞，减少了若许神秘感。暗洞还在里面，两个洞几乎一般高，若抬头看顶，帽子肯定掉地。那暗洞说是暗洞，并不黑咕隆咚，因为在其顶端有一个洞，正好有一缕光线漏下来。我们进洞后，雨越下越大，那雨从那洞口飘飘洒洒下来，煞是好看。可能是空气对流的缘故，那雨下到洞底，全都偏向了一方，因此洞底一半在下雨，一半是干的，也算一奇观。

我注意观察了明洞暗洞的岩壁,那燕窝之说大概只能在历史的册页中翻找了,如今只有许许多多的野鸽在洞里飞来飞去,栖息在岩壁凸出处,蝙蝠也连影儿不见。

这洞如今成了印度人的供神拜佛的所在。洞里有庙宁,有菩萨,管理人员都是印度人,那印度音乐很悦耳,营造出一种宗教的气氛。我们出洞时,还见到有位印度信徒一步三磕,每走一步,全身伏在地上,我想这大概就是所谓的五体投地吧。

出洞时,我又最后望了一眼那陡峭的岩壁,与高高在上的顶洞。我忽然生出这样一个念头,当初那些采燕窝的是如何攀上这绝壁的呢?徒手攀岩看来是不可能的,太高太陡,一失足必粉身碎骨,搭脚手架似乎也不现实,一成本太高,二这样高的脚手架难免要倒塌,而且搭后也影响金丝燕生活。想来想去,最大的可能是从顶洞放绳子把人吊下去,这也是很危险的,稍有不慎.就可能摔成肉饼子。不管用哪种方法采集燕窝,都离不开危险与残忍。

我不知道现在还有没有人在采集燕窝,反正我这辈子是坚决不吃燕窝。不管从环保的角度,还是从人道的角度,用燕窝来进补似乎都有点野蛮。

等我们气喘吁吁下来后,告知车上人不去黑风洞十二分遗憾时,没几个人信,以为我们故意夸大黑风洞的神奇与神秘呢,其实黑风洞确确实实值得一看,它的构造、它的内涵都不同一般洞穴。

遭遇大选

　　到达吉隆坡后才知道，我们碰巧遇上了五年一度的马来西亚全国大选，这次是第 10 届。马来西亚所有的新闻媒体——电视台、电台、报纸、刊物、电脑网络都辟了专题、专版、号外、特别报道、大选快讯、大选精编、大选特辑等，连篇累牍地进行着立体的全方位的报道。

　　过去，我也曾听说过大选，也看到过一些有关的报道，但那毕竟隔着一层，这次不说亲眼目睹马来西亚的大选，至少亲身感受了一回大选的气氛，多多少少了解了一些大选的细节，留下了颇难忘却的印象。

　　大选，无论在哪个国家，都绝对是桩大事，新闻机构也就唯此为大。记得 11 月 27 日在吉隆坡洲际大酒店召开第三届世界华文微型小说研讨会开幕式时，竟没有一位电视台的采访记者，所有的摄像机全都去追踪、寻觅大选新闻了，比起大选来，一个文学会议，即便是国际会议又算得了什么。《南洋商报》《星洲日报》等华文报纸的记者来采访开幕式还是因了戴小华、云里风两位马来西亚著名作家的大面子才勉勉强强来的。因为那几天如采访大选的报道，事无巨细，均能不删不改地上版，而其他消息，其他报道就没这样的优惠待遇了。我注意到那几天的报纸，大约百分之九十的版面与大选有关。除此以外，除了广告，其他版面真正是可怜而又可怜。

　　这种对大选狂轰滥炸式的报道，使我这个异国他乡的不速之客通过浏

览这几天的报纸,对马来西亚这次大选也有了大概的了解。

从媒体报道知道,这次参与世纪大选的政党与组织有国阵所属的巫统、马华总会、民政、国大党、沙民统党、沙进步党、沙人民团结党、沙自民党、砂土保党、砂人联党、砂达雅党、国阵独立等14个政党,有替阵属下的回教党、公正党、行动党、人民党,以及民主党、团结党、回阵、正义联盟、砂革新党、独立人士等,其中国阵与替阵是最大的两派政治势力,国阵是执政党,替阵属反对党,替阵替阵,顾名思义就是想替而代之的一个组织。

因为这次大选,关系到新世纪马来西亚的政治、经济走向,各政党与普通选民都很关注这次大选,被认为是马来西亚建国后竞选最激烈,历史意义最重大的一次大选。国阵大打稳定牌,以吸引有求稳心理的老选民,他们的竞争主题是社会安定、经济发展、民生疾苦逐步解决、种族关系和谐等政绩。替阵则以打破国阵三分之二优势,加强对政府的监督为选战主轴,倡言为所有公民伸张公正,反对贪污滥权和朋党、裙带风,建立开放与透明的施政,改革一切囿限基本人权的恶法,以及建立机制加强执法、司法、选举等机关的自主权,极其制衡效能。平心而论,这两家的宣传都有效应,对选民都有相当的吸引力。用有些记者的话说,这五年一次的大选,对956万选民来说实在是次大机会,即使是身居高位要职的党魁显要,在大选期间也一改过去的趾高气扬,一个个显得和蔼可亲,把选民视作老板。有位刻薄的记者写道:只差没喊爹叫娘了。据说有一派政党的竞选人士与助选人士,手心中个个写个"忍"字,时时提醒自己,以防与选民语言冲突,产生不良印象,从而影响选票。最有意思的调侃是:那些年老行动不便或残障选民,都沐浴在关爱之中,普遍感受到温情满人间。有人断言:假如每年都有大选,政府根本不必刻意推行"爱心社会"、"爱心活动"了。

马来西亚的这次大选是从11月上旬开始的,11日解散国会与州议会后,有人打赌选举日不是11月18日,就是11月28日,因为18、28谐音易发、而发,好口彩。但出人意料选举定在11月29日。从定下各党派竞选者到投票这段日子里各党派各竞选者使出浑身解数,宣传与自我宣传,表扬与自我表扬。大街小巷到处都是助选标语、助选招贴，最多的是竞选者的大幅肖像，肖像下是自己的名字与所属政党的标志。譬如国阵是一座天平，开始我以为是代表公正的标志，后来才知是党徽。马华总会是一轮太阳，行动党是一枚冲天的火箭，公正党是两个半月，人民党是齿轮与牛头，回教党是圆月，回阵是五角星。在这政党标志边上则是一个大的 ×，开始我看不懂，既然是宣传画，为什么要自己给自己打个大 × 呢？我终于憋不住，问了马来西亚的作协副主席陈政欣。他告诉我：这是同意的标志。我这才明白，这在大陆代表不同意的符号，在马来西亚政治生活中，就等于我们常在选票上画的钩或圆圈，即表示投上一票。没想到因国情不同，符号的意思竟正好相反，也算增知长识。

可能是为了更有宣传效果，凡出现竞选者肖像的地方，通常都是集束手榴弹式的，少则十几张，多则几十张几百张，大都是悬挂在临时拉起的绳子上，或高或低，有时上下几排，密密麻麻轰炸选民的视觉。我一直没弄懂的是，不知为什么所有的肖像都是蓝色的，或许彩色的成本太高，黑白的效果又不是太好的缘故吧。我还看到不少出租车以及老式三轮车上都贴着、挂着、插着竞选的标语与竞选者的肖像等，想来这位车夫也是这个党派的一员，或者是权当做一回广告吧，闹不清收不收广告费。最令人感动的是有个别人竟胸前胸后挂着竞选者的肖像，游动在人多的地方以做宣传，可以肯定，这些人不是竞选者的家人、亲戚就是那一党派最忠实、狂热的信徒。

竞选，就必有胜有败，有些竞选者输票不输人，有些则下三烂的手段也使出来了。据警方统计，在大选期间，有非法座谈会 246 起，撕毁海报 103 起，造谣中伤 66 起，打架斗殴 37 起，恐吓 10 起，虚报炸弹一起，以及其他事件 204 件。所谓其他打件诸如手持党旗深夜飙车等，其中较大的事件有三辆停在吉中区国阵行动室路旁、等待载送选民去投票站投票的巴士被人蓄意纵火；还有停在彭亨州劳叻的 15 辆国阵助选车被人放掉煞车油；并有人印假海报，谎称国民公正党主席旺阿兹临选前跳槽国阵。还在各地发现了不少假冒的回教党党报《哈拉卡》，内容当然是对替阵与回教党不利的。报

上还同时登出了假冒版与正版的《哈拉卡》，以正视听。还有自投罗网涉嫌盗用身份证的一印尼女郎当场被揭发查获。其他还有因电脑出故障出差错，致使有些人身份证与电脑底本对不上号，或在电脑里查不到选民名字，以及被媒体称为"幽灵选民"的，等等。在一个多民族的国家，在如此敏感的大选期间，被曝光以上这些事件，客观地说属正常值内。

没出什么大意外，大乱子，应该是值得庆幸的事。说庆幸，这个词也许选用得不是很妥帖，因为事实上为了保证大选期间的治安，当局早防患于未然。例如，举办政治座谈会必须申请，曾先后发出过 6126 张准谈证，并规定午夜 12 点后一律停止助选活动。警方还召开新闻发布会，提醒各政党安全为重，即便大选获胜，也不允许进行游行庆祝，以免忘乎所以而与落败者引起冲突。

我还注意到有些文化人在这次大选中不甘寂寞，勇于表达自己的政见。我在《南洋商报》上见到一首诗《1999，另类政见》。"难说路是人走出来的／少一分钱也创造不出奇迹／选我，我拍胸脯保证／五年内东西南北万路通／见山山倒见水水跑／带动经济繁荣／达到每一千人就有一条／气势磅礴的高速公路……"这诗的潜台词大概是说那些竞选者的许诺太空太假了，他索性来个看样学样，有过之而无不及，讽刺意味极重。还有首诗《投思念一票》，分"大选单思了"与"大选相思间"两部分，对国阵、巫统、马华、民行党、公正党、回教党等几个主要政党进行了一番调侃。最后在后记中说："好友追问，大选投谁一票？……如果可以，我会毫不犹豫投相思一票。政客太假，相思最真，也最好……"

据我了解，有一个疏忽是比较令人遗憾的，那就是 68 万新选民因来不及完成选民登记而无法参加这次世纪大选。

整个这次助选也有不少值得一记的地方。诸如政党文告、选民访问、拉票座谈会、政治广告免费派送、党旗满街挂、肖像漫天飞、攻击性漫画、骂战，以及歌星助选演唱会等，千奇百怪，无所不有。有一篇报道独辟蹊径，专写候选人的另一半，这位记者慧眼独具，发现凡丈夫参加竞选的，其太太往往不再在家专事煲汤煲凉茶，而是不辞辛劳外出派传单与登台演讲，夫唱妻随，一心支持丈夫当选，即使明知丈夫胜算不大，也全力以赴，鼓励为主。反观太太参加竞选者，其先生多数装聋作哑，鲜有赤膊上阵，为太太助阵助选的，不知是否大男子主义思想作怪，怕太太强过了自己，心理上不好受。

马来西亚大选还有一个特点是不管你身为何职在何处工作，都必须回原籍投票，因此11月28—29日，各交通线上无不人满为患，外出的游子为投下神圣的一票，都匆匆返乡回家，以履行自己公民的职责，似乎没听说有代投的，倒是有报道93岁的老太也亲自去投票站投票，不少残障人员或自驾残疾人车辆，或在家人陪同下前往投票站。据说投票前后几日，不少地方，交通之拥挤，历年少有。为了鼓励更多的公民去投票，表达自己对国家命运、前途的意见，总理马哈蒂尔（马来西亚称之为马哈迪）下令11月29日为公休假，使得上班族也有空去投票，并在全国各州设置了6931个投票中心，以便于公民就近投票。加之多雨的老天还算帮忙，因此投票率超过70%。经各州的统计，现任总理马哈蒂尔领导的，由14个政党组成的国民阵线（国阵）在11月29日举行的第10届议会选举中夺得了193个国会议席中的148席，再次捧得三分之二的国会优势，从而赢得了这次大选。在1238名候选人角逐中，由前副总理安瓦尔的夫人阿齐札领导的，由4个反对党组成的代替阵线（替阵）只赢得了43席。

这次大选，最出人意料的是反对党领袖，民主行动党的秘书长林吉祥惨败，被认为咤叱政坛30年首遭重挫，国会开始进入无林吉祥时代。作为反对党的领袖，林吉祥能言善辩，社会知名度很高，但他为了打破国阵三分之二的固有格局不惜与回教党联手，看来这是他所犯的致命错误。笔者曾在吉隆坡大街上见到"回教党最终目标是建立回教国"等字样的大幅标语，虽然马来西亚有不少回教信徒，但其他非教徒对此总是忌一脚的，于是，也就忍痛割爱了林吉祥，教训是很深刻的。

说起来，华人在马来西亚属少数民族，但因人数多，华人的投票倾向不说最最关键，也可说是举足轻重。从这次大选看，华人多数还是投了国阵的票。有人说这与我国总理朱镕基在大选前访马不无关系。也许这会使天平倾斜一点,但决定权还在选民手中,看来多数华人是主张安定团结的。如果从另一个角度分析这次大选,是否可得出这样一个结论:在华人社会打"中国牌"已不像以前那么有效了,因为华人新生代与老一代华人只会汉语,被排斥于当地国主流社会外的情况大不一样,他们大多会英语、马来语、汉语等多国语言,受到良好的教育,价值观、意识形态已发生了根本变化,不少人也融入当地同主流社会,他们不再有寄人篱下,无根漂泊的感觉,因此他们的身份认定与角色认同,以及他们的社会政治感情已越来越本土化与全球化。同样,在这次大选中,马来民族主义也受到了严重的挑战,以狭隘民族主义为号召的助选已越来越缺乏生命力与诱惑力。还有一个使人高兴的是,华裔政治新兴力量在崛起,出现了令人欣喜的势头。

这次国阵在大选中大获全胜,一方面是因了执政党的优势,另一方面马哈蒂尔领导下的国阵在处理国家政务方面还是有不少可圈可点之处的,撇开其他不说,在处理马来西亚民族问题上,还是颇有他国借鉴之处的,一个多民族的同家,能和睦相处是值得称道的。

当我动笔写这篇稿子时,马来西亚的大选已尘埃落定,已无须我再赘言了,就此收笔吧。

难忘的叙别联欢宴会

　　人们常说欢乐易过，痛苦难熬，这话包含了许多生活的哲理。各国作家、评论家以文会友的短暂聚会很快要过去，告别已悄悄地来临。马来西亚华文作家协会把第三届世界华文微型小说研讨会叙别联欢会安排在吉隆坡郊区的翡翠宫冷气酒家。据说这是个会员制的度假俱乐部，装潢很典雅脱俗。

　　到达时适逢大雨，古语云"落雨天留客"，看来老天也欲挽留各国作家。那气氛，欢乐中透出若许伤感。多情最是离别，因此各国作家抓紧时间或互赠名片，或摄影留念。

　　马华作家协会会长云里风首先致辞，他固有的幽默使叙别宴会的气氛一下轻松了起来。他说第二届世界华文微型小说研讨会在泰国曼谷召开时，泰华作协给每位与会者赠送了一只颇为考究的包，那包大是大，但依然装不下泰华作协与大家的情谊。我还不满足，想换个鳄鱼皮的包。但到了我们马来西亚，因受金融风暴冲击，不要说鳄鱼皮的包，连个像样点的包都没能送给大家。这次各位拿到的包是简易型的，优点是可以把不满意的东西漏掉，把满意的，把友谊带回去。这个不像样的包就叫它为云里风皮包吧。

　　佛山的作家韩英灵感一闪说：可以构思个微型小说，题目就叫《云里风皮包》，不知他回国后写出来了没有？

　　那晚，同桌的有云里风、他夫人，还有马华文化总会会长戴小华、马华作

协秘书长碧澄、菲律宾华文作协会长吴新钿、中国南师大凌焕新教授、老作家许行、佛山的韩英与姚朝文。除戴小华与碧澄与大家不很熟外，其余的都是老朋友了。戴小华的大名，各国作家都不陌生，所以一谈即很融洽。

联欢会由柯金德主持。柯金德点名澳洲的心水第一个登台。心水内举不避亲，他说我是太太万岁的人，我太太婉冰多才多艺，请她上台唱一曲吧。太太万岁，却叫太太代唱，这样的臣子倒也省心省力。

婉冰果然不负众望，一折粤剧先声夺人。

佛山大学的姚朝文是个热情奔放而略有点表演欲的人，他自告奋勇唱了一曲内蒙古民歌《草原上升起不落的太阳》，唱得声情并茂，极有草原韵味，原来他从小生活在内蒙古，读研究生后才到佛山的，怪不得那种粗犷与激情似从心底迸发出来，吃过羊奶的小伙子到底不一般。

菲律宾的林秀心朗诵了一首专为这次会议写的诗歌，情真而意切。另一位菲律宾作家陈文进则用传统古调唱了中国的古诗《巴山夜雨》。庄子明不甘落后，联系室外大雨，借用古诗"难得风雨故人来"，即席抒发了一回内心的感情，他说"难得风雨故人来，风从哪里来？云里风"。博得笑声一阵。

柯金德作为主持人怕老叫别人表演节日不好，就自己唱了曲《潇洒走一回》，唱得蛮潇洒的。

唱毕，他不客气了，点名新加坡的黄孟文上台，黄孟文说：我太太是我内政部长，一切由她说了算，让她来说个相声吧。女性说相声，激起了大家的观看欲，掌声阵阵。陈华淑站起来不慌不忙说："今天有相声专家田流先生在此，我岂能班门弄斧，请田流先生上台吧。"

据说田流原在演艺界出过风头，说、噱、逗、唱，样样拿手。他也不谦让，落落大方上了台，先唱一曲李后主的词牌，唱后不过瘾，再唱一首马来西亚民歌《爱的感觉》，大意是小弟弟爱上了大姐姐，家里人反对，他却坚持初衷。此歌不但歌词诙谐幽默，音调也轻松欢快，不少人都情不自禁跟着节拍哼了起来，掀起了一个小小的高潮。田流的表演才能真是没话说的，各国作家算是见识了他的开心果式的才气。

最让大家吃惊的是给人老夫子感觉的黄曼君教授竟很动感情地唱了首新疆民歌《达坂城的姑娘》，从中可窥见黄教授年轻时的浪漫情怀。

文莱的王昭英清唱了一曲《阳关三叠》，歌声委婉悠扬，轻叩心扉。她先生见夫人登台，连忙上前摄影，把美与欢乐定格在一瞬间。

另外，黄炳裕与蔡瑞芬的合唱、心水的独唱、叶蕾的清唱、朵拉与王列耀的男女两重唱、古远清与汤吉夫的即兴相声，以及柏一唱的《你的眼神》，都各有千秋，最让人难忘的是田流与祥子合唱的《友谊万岁》，田流不愧是一个煽情高手，他一上台，动情一唱，立即把大家的情绪调动了起来，会唱不会唱的都哼起了《友谊万岁》，所有在座的都沉浸在友谊的感受中，从内心深处发出："友谊万岁！"

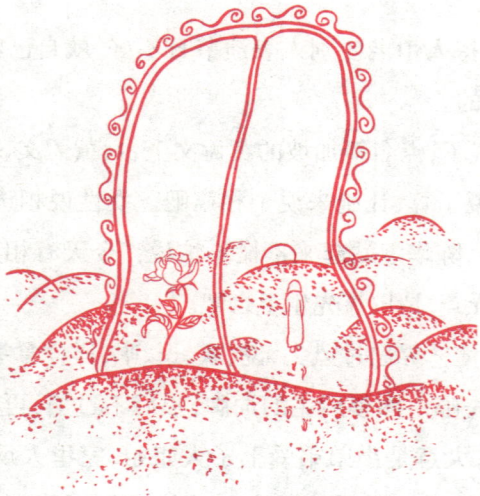

第二辑

Fei Lv Bin Lve Ying

菲律宾掠影

菲律宾的治安

本来第四届世界华文微型小说研讨会准备 2001 年年底时安排在马尼拉召开的，但去年菲律宾出现了绑架中国人质的事件，菲律宾华文作家协会为安全计，不敢轻易发邀请，会议只得推迟。到了今年 4 月，治安情况有所好转后，菲华作家协会决定会议在 8 月初召开。

当我接到邀请信，去办护照、签证时，朋友们都为我捏一把汗，有的还劝我慎重一点，不要去冒险。我开玩笑说：如果我被绑架了，大难不死，回国后我可以写篇长篇纪实文学，一定到处转载。万一被撕票了，也算死得其所，因为我不是去玩的，是为了推进微型小说这种新文体而献身的。再说一个中国作家在菲律宾被绑架被撕票，一定引起国际媒体的关注，不出大名，也出小名。朋友们见我一副无所谓的样子，也就不再劝我，只对我说："当心一点，早去早回，安全第一。"

去菲律宾要说一点担心没有，那是假的，不过我想我们住在马尼拉市中心，住在五星级酒店，应该是安全的。

在马尼拉我仅仅住了四个晚上，也只在马尼拉市与马尼拉附近走了走，对菲律宾的了解很有限，不过也毕竟看到了一点在国内不易看到的情况。

譬如进世纪公园大酒店大门，必须要经过一座与飞机场一样的电子检查门，如果电子检查门发出响声，有一位手拿探查器的工作人员会在你身上

前后左右、上上下下地探查，直到他们认为没问题了才放行。我不知其他国家的大酒店是否也有这种"服务"，至少我是第一次碰到。

我还注意到酒店门口的保卫人员是佩手枪的，是真枪是假枪我不得而知，不过饭店保卫人员佩枪总归透露了某些信息吧。

大酒店对面是个大型超市，超市门前不但有佩短枪的警卫人员，还有肩挎长枪的巡逻，给人森严的感觉。甚至我在风景旅游点约瑟芬餐馆门口见到的警卫也佩着短枪，还有在圣奥古斯汀教堂外的那条街道上的警卫人员也佩着枪，我还与那位佩枪的警卫合了一张影呢。

虽说到处有佩枪的，但爆炸事件、枪击事件、抢劫事件等我们一样也未碰到，也不知是我们运道好呢，还是最近治安情况好了。

在我离开菲律宾的那天，8月6日的菲律宾《商报》上，头版头条是《警方逮捕6名毒贩，查获近三公斤毒雾》，紧挨其下的是《总统宣布控告走私大米嫌犯》。在"菲国新闻版"，其头条是《阿罗约总统赞扬菲国警，逮捕打劫餐厅嫌犯》。据报道，警察当场查获手枪4支，马莱枪2把，还有子弹及作案用的轿车等，这版的副头条是《司法部已下令成立反走私逃税别动队》。

而另一份《菲华日报》，8月6日的头版头条是《涉及大岷54案首饰店与餐厅劫案，一犯罪集团五名成员落法网》。另一条消息是《绑架南韩人犯罪集团又有一成员落入警网》。据报道：被捕的赫描斯在被称为阿武索斐亚匪盗集团中坐二把交椅。该集团曾在苏丹龟达叻省劫持绑架了南韩人崔冠雄，将他拘禁了长达四个月，以勒索赎金。

从这一天的两张菲律宾华文报纸报道所透露的信息看，菲律宾犯罪还是很猖獗的，不安全因素仍存在着。

不过，菲律宾作家朋友私下里告诉我们：马尼拉的治安要比棉兰老岛等其他省份好多了，而绑架者主要是为了钱，一般不会无的放矢地乱绑架，所以一般市民与海外游客还是安全的，不必草木皆兵。

集尼车，菲律宾交通一绝

　　我第一次见到集尼车是在一个旅游景点，我一见那种怪模怪样的车子，脑子里第一个反应是多漂亮的老爷车，大概是专门给新郎新娘用的，例如在中国的玫瑰婚典中，或拍电影时派用场。是的，如果婚礼上用这车，多古典、多浪漫、多潇洒、多气派。

　　但后来发现类似的车子大街上随处可见，乃菲律宾最主要的交通工具。于是我对这种造型奇特，色彩艳丽的车子发生了兴趣。一打听，这车子有个很特别的名字叫集尼车。据菲律宾朋友介绍：集尼车最早是由吉普车改装的，吉普英文乃"jeep"，集尼的发音就是从吉普衍化而来。据说第二次世界大战后。美国人在菲律宾留下了大量的吉普车，这些车子后来被改装成了城市的公共汽车。由于吉普车小，改装后也只能乘8~12人，所以比之大公共汽车灵活，可以招手就停，上下自由，再说它的价钱比大公共汽车便宜，4~6菲币就能乘车了，合人民币块把钱，因此极受市民欢迎。市民习惯乘这集尼车后，想淘汰也难。

　　在离 LAS PIMAS 教堂不远，目前有好几家集尼车装配厂，源源不断地装配出五色缤纷的集尼车。因为第一代集尼车早退役了，现在街头行驶的集尼车，可能已是当年美国人吉普车孙子的孙子了。

　　集尼车现在已成了菲律宾的标志之一，因为凡到过菲律宾的，没有人不

对集尼车留下深刻印象的。集尼车通常是铁皮制成车篷,不少是不锈钢的,车身上喷着各种颜色的图案,由于图案是车主个人选择的,自然花样百出。通常还在车子的保险杠上装了各式各样的车灯与车喇叭,甚至还有的在车顶上装了霓虹彩灯,这样的车子外观吸引人注目,千姿百态,煞是好看。这车是后面开门,仅靠两边有两排座位。最令人吃惊的是司机一只手开车,一只手伸向后面收钱,开车收钱两不误,那驾驶技术堪称一流。

我还见到不少外国游客专门与装潢奇特漂亮的集尼车拍照留念呢。我也很想拍一张照片,但我们一直在东道主提供的车子上,一路欣赏到许许多多的集尼车,就是没找到合影机会,留下了一个小小的遗憾。

参观菲华历史博物馆

菲律宾的华人历史博物馆是近年才建成开放的,这是一幢一层楼的建筑。除星期一休息,星期二至星期日均对外开放,门票是 70 元菲币,合人民币 12 元左右。因为我们一行都是来自世界各国的华人作家,所以不但无须买门票,还破例允许我们随意拍照。

这个博物馆楼上楼下共有 12 个展览项目,以蜡像为主,配以实物与文字,可谓图文并茂。

第一个专题为"早期的接触":

这部分有大量的照片展出了来自中国的用矛打猎、梯田耕作法种植稻米、芋头、养猪、养鸡，以及罐葬习俗等，说明中菲两国交往源远流长，最早可追溯到史前。在西班牙探险家麦哲伦到菲律宾的几百年前，亦即10世纪末，中菲贸易就开始了。中国人用丝绸、瓷器、水牛、铁器、农田用具等交换菲律宾的燕窝、龟壳、海参、鲨鱼翅、珠母、黄蜡、金沙、珍珠等特产。

在我国的《宋史》(公元982年)时就提到了个叫麻逸的地方，据考证这麻逸就是后来《元史》中提到的三屿，也就是现在的岷多洛或岷尼拉。

在《明史》中，曾多次提到吕宋、蜂牙丝兰、棉兰老与苏禄。郑和下西洋时就到过吕宋与苏禄，这在跟随郑和下西洋的翻译费信著的《星槎胜览》中都有记载。

其实，历史上还记载了今菲律宾苏禄岛的苏禄东王曾到过中国，时在明永乐帝时。他是到中国来朝贡的，但不幸于1417年在回国途中病死于山东境内，他的墓就在今山东德州，当时永乐帝还亲笔为其书写碑文。

据了解，在现山东德州至今还生活着苏禄王的后裔，展出的照片有16世孙安庆山，81岁；温寿岭，77岁；这些照片都是1981年时拍的。笔者因为在江苏与山东交界的微山河畔生活过20年，所以对山东比较熟悉，一看那照片，就知道是典型的山东人了。近四百年的历史，早把他们同化了。这种五六百年的接触交流，证明了中菲两国的友谊由来已久。

第二部分为"八连"：

千万别误会，此八连非那八连，这儿的八连不是南京路上好八连的八连，它是一个地名，一个带着血腥，烙着苦难印记的地方。西班牙人占领菲律宾后，于1582年在王城外建了八连，相当于华人集中营，这个八连，历史上多次发生屠杀与火灾，竟先后移地重建了九次，每一次都有大批的中国劳工惨遭杀害。难忘八连，就是记取中国劳工当年的血泪历史。

第三部分：殖民文化，共同的双手：

从菲律宾的文化发展看，华人在中间的贡献功不可没。菲律宾最早出现的书，是华人印刷匠龚容于1593年印刷的。那些早期的石雕、祭服与建筑装饰物等，都留下了华人的手艺，对后世影响极大。

第四部分:华人社会的形成:

海外有些存偏见的学者认为中国人历来一盘散沙。其实并不尽然,在菲律宾的华人由于不堪忍受西班牙人的压迫与歧视,他们在百年前就成立了自己的组织。如华人商会、菲律宾中华商会等,并借此建立了自己的学校、医院和墓园,等等。

第五部分:捍卫自由:

19世纪末,华裔和华人混血儿中的佼佼者成了菲律宾革命运动中的中坚力量。为菲律宾的民主、自由、独立贡献了青春与热血。

第六、七、八部分为华人混血儿的住宅与商店等展示,既有客厅,亦有卧室、厨房,还有菜仔店(相当于国内的烟纸店)和小仓库,可以直观地了解当年华人在菲律宾的生存状态,既是历史,也是民俗。

第九、十、十一这三个部分,展示了些图片与文字资料,包括了近代华裔菲人的家庭历史与华人在抗日战争中的贡献。

第十二部分是陶瓷器展览:

这是非常有价值有看头的一个展馆,这里展出了不少10世纪至17世纪的中国陶器与瓷器,都是在菲律宾群岛各地发掘到或海里打捞起来的。有些是价值连城的珍品,即便在中国大陆都很少见到了。这些实物再一次使观众感受到了中菲之间的贸易是多么悠久,中国古老文化对菲律宾的深远影响。

如果说古代几百年才看得出变化,近代几十年才看得出变化,现在简直是日新月异,传统的东西,古老的遗存已越来越少了,建立这样的一个历史博物馆太有必要了,真该好好谢谢那些为建这个博物馆出钱出力的有识之士。

等待马尼拉湾落日

　　菲律宾的马尼拉湾夕照被认为是世界上八大自然景观之一，因此每年都有不少海外游客专程来菲律宾观赏马尼拉湾落日的美景。假如到了菲律宾不看马尼拉湾的落日，那等于到了北京不去长城、故宫、天安门，我们岂能错过。

　　我们下榻的世纪公园就在海边，离欣赏落日的最佳处罗哈斯滨大道很近。会议的最后半天是参观，而参观的最后一站就是去海边等待马尼拉湾的落日。然而，八月正是菲律宾的雨季，气候虽说不是很炎热、干燥，只是那天说变就变，那雨说下就下。明明刚才还艳阳高照，可等我们到海边时，突然下起了雨，即我们中国人俗称的云头雨。但见大片大片的云絮如潮般涌来，不一会儿就把见到落日的可能遮得严严密密。

　　站在海堤上，眺望大海，真的是壮观，这儿海面极为开阔，水天一色，近处泊着万吨级的大船，远处也停泊有多艘万吨轮，但见那咆哮的海浪奔涌而来，冲起高高的浪柱与水花，让人感受到大海的威力。

　　设想一下，假如此时没有云层，落日如轮，晚霞满天，烧红了半边天空，烧红了半个马尼拉湾，那一定是绝景，可惜我们无缘一见。

　　因第二天没有回上海的飞机，又多逗留了一天，我们外出游览了一天，黄昏时分，车子回到饭店，因昨天没看到马尼拉湾落日，大家都心有不甘，而

这天晴空万里,阳光灿烂,应该是观落日的好日子,我们建议车子直开海边,再一次等待马尼拉湾的落日。

海边已有不少等待落日的游客了,有菲律宾人,也有海外游客,一个个翘首以盼,等待着大自然的恩赐。

然而,令人失望的是,整个天空都无一丝云彩,唯海水上部有一长溜厚厚的云层,迟迟不见散去,眼见那耀眼的太阳慢慢坠入那云层中,有人急了,赶快拍,但夕阳坠落的过程极快极快,动作稍慢一些,那落日就落到了厚云层里,壮观的落日美景再一次与我们无缘,我们只得悻悻而归。

也许正因为如此难得一见,马尼拉湾落日才名闻天下吧,假如每天每晚都能轻易欣赏到,也就不稀罕了。中国不是有句老话"物以稀为贵"吗?自然界的美景也是如此呀。

看来马尼拉湾的落日是在诱惑我们下次再来,因为我们不甘心呀。

凭吊二次大战阵亡将士公墓

在选购菲律宾风景明信片时,我竟然一眼看中了一张公墓的照片。说实在,第一眼瞧见那画面时,我即被震惊了,我呆呆地、久久地凝望着那肃穆庄严宁静的面画,仿佛傻了一般,那是一片山坡地,绿油油的草坪修剪得一似地毯,高高的洋槐树错落地挺立着,枝繁叶茂,郁郁葱葱。在草坪上,在树荫下,是一排排看似不规则,却又排列有序的汉白玉十字架,那十字架有垂直排列的、有半圆形排列的，密密匝匝，一眼望不到头，也许几千，也许几万。

我忘了中国人对墓地的忌讳，买下了这张明信片。我想我即使无法亲眼见到这气势壮观的墓园，但有张照片留个纪念也不错。

也是天助人愿，因会议结束后当天没飞机，要多逗留一天才能离开马尼拉，东道主安排我们去马尼拉近郊观光旅游。他们报了几个景点供我们选择，我一听到有二次大战美军阵亡将士公墓，我连忙举双手赞成。

开始有些人还有些不情愿，观光游览应该去看名山大川，看名胜古迹才对呀，哪有去看公墓的，再说埋死人的地方能有什么看头。

墓园在马尼拉东南郊的波尼法西堡。车一进墓园，马上有人关照：这儿是个极严肃的地方，不得大声喧哗，不得酗酒闹事，不得衣衫不整，不得……

不知为什么，一走进墓园，一种肃穆而让人敬畏的气氛扑面而来。这是属美国人管理的一个墓园，第一眼印象是干净、整洁，管理极其到位，与马尼拉大街上的脏乱差形成极大反差。

墓园位于一个丘陵地带的坡地上，地势高低起伏，占地面积 152 公顷，合 2280 亩土地。但是偌大的墓园似乎很少有游人，因此显得格外静谧。那洋槐树高大、粗壮，树冠如盖，仿佛墓园的守护神似的，那绿色的草坪显然精心修剪的，像厚绒地毯，赏心悦目。那汉白玉的十字架有半人高，一时无法点清到底有多少，我问了当地的菲华作家，一说有一万余个；一说二次大战中美军在菲律宾阵亡了 3.5 万将士，我最终也没弄清到底有多少十字架，但粗粗估算，绝不会少于一万个，换句话说，这里至少长眠着一万多名为和平而献身的将士，这能不让人肃然起敬吗？！后来我查了资料，确切的数字是这里埋葬着太平洋战争中阵亡的 17206 名美军与盟军战士。

我特地看了汉白玉十字架背面的英文字母，有姓名、军衔、部队番号、出生地、阵亡日期等。我注意到大部分是 1944 或 1945 年阵亡的，我还发现在大片大片的十字架中，偶然会有一两个十字架上顶端是五角星状，我问了当地人，一说是阵亡的军官；一说是立了战功的。我产生了好奇心，抄录了那上面的文字：ROBERT N SIMON CPL 22 BOMB CP N Y，MAY 29 1945，译成中文就是罗伯特·西蒙,第22炮兵部队指挥部,下士班长,纽约州人,阵亡于1945年5月29日。

据菲律宾华文作家告诉我们:这里除了美军士兵外,也有菲律宾阵亡士兵,并且还有中国籍的伙夫,可惜墓园实在太大,没人指引,一时根本无法找到中国伙夫的十字架,要不然,我与我的作家朋友一定会去默哀三分钟,以寄托我们的哀思与敬意。

在墓园中还建有纪念碑广场,那马蹄形墓廊的一堵堵墙上镌刻着阵亡士兵的姓名、出生地等,我注意到有一个姓名被用黑笔描过了,可能是他的亲属在这众多的阵亡将士名单中找到了他的姓名吧。

在那高大的墙壁上,还有25幅彩色的作战地图,并配有英文字母说明:1941~1944年美军在菲律宾的重要战役形势图,使来此的游人与凭吊者能重温历史,记取历史。

在纪念墙中间是一幢长方形的白色建筑、外墙上有深浮雕圣母玛丽亚的像,里面则安放着圣灵圣父圣子的像,应该是祈祷场所,那桌子上放着一本留言簿,我们一行不少作家都去签名留言,我写下了"和平,世界永远的主题"的留言。我翻了一下留言簿,各国的文字都有,中文的有"祈祷和平"、"不要战争"、"不忘二战"、"和平与鲜花"等。其中有位日本教授写下了"为了和平,为了自由"的留言。有人认为此语有多义性,但愿日本教授是真诚地在为他们前辈忏悔。

离开墓园时,我最后回望了一眼那洁白的十字架与翠绿的草坪,心里默默在说:回国后我一定写篇文章,也算对和平的祈祷,对和平的呼唤,以不忘历史,不忘为和平做出过贡献的所有人。

菲律宾国宝竹风琴

见过钢琴、手风琴的读者一定不少，但见过竹风琴的恐怕就很少很少了。因为这竹风琴目前世界上只菲律宾有，已被视为菲律宾的国宝。

竹风琴完整意义上说是以竹管为主的电动风琴，是马尼拉圣亚虞斯汀教会一位叫 Dido Cera 神父创造发明的。神父砍下竹子后，埋在碱质沙滩里，再用硫黄烘熏，以使竹子去潮防蛀。之后，他打通竹节，精心打磨，从 1816 年至 1824 年，前后花了九年时间，才完成了这座竹风琴。这座竹风琴现安装在甲美地省的拉斯彬迎镇的 LAS PINAS 教堂内，这教堂就像一座古城堡，老态龙钟而古意绵绵，这座竹风琴高达 6.7 米，宽 4.17 米，厚度达 1.45 米。如果加上那些特制的铅锌合金喇叭号角管筒，重达 3.5 吨呢，简直就是个庞然大物。

我们站在教堂的大厅，向上望，此竹风琴安置在 2 层楼高的位置，其顶端有如皇冠状，皇冠下面是竖排的大大小小，长长短短的竹管，其下面则有一排排横着排列的竹管，这横排的竹管下面是弹琴者的一间演奏室。据介绍此竹风琴共用了 901 根竹管，122 枝锡管，还有 7 个锡质喇叭，但陪同我们参观的菲律宾作家蔡惠超先生说共有 121 个喇叭，23 个压弦改调的按键。

这座竹风琴如今已成文物，所以轻易不弹奏，一般游客或参观者只能饱饱眼福，难以聆听到琴声，只每年的 2 月，他们邀请世界各地著名音乐家来

此演奏，这从楼梯口那些张贴的海报可知一二。由于我们是来自世界各国的作家，所以经联系后，教堂特意派了一个演奏者为我们表演。

我们虽听不懂弹奏的乐曲表达的是什么，但优美动听，其音质一点不亚于钢琴，浑厚圆润悠扬，似箫声，又似笛声，也似单簧、双簧声，那巨大的共鸣，营造出一个十分美妙的音乐空间。

我不敢说"此曲只应天上有"，但确乎是"人间哪得几回闻"，我们算是饱了耳福，开了眼界。

屈指算来，这架竹风琴已有 170 年历史，至今仍然能演奏也算是个奇迹，据说为了保护这架竹风琴，曾于 1975 年由一位德国风琴制造专家拆散后运往德国波恩市修理过一回，使其返老还童，恢复了青春。如今这竹管电风琴已被列入吉尼斯纪录内，怪不得被当成了国宝。

巧遇教堂婚礼

圣奥古斯汀教堂是马尼拉市内的一个古老的天主教堂，是远东唯一的巴希利亚式建筑的教堂。看建筑风格，估计是建于 17 世纪时，那高高的拱形门两侧，有四根面墙的罗马柱，罗马柱上面有一横档，横档上面又有四根罗马柱，从外观看好似一座两层楼建筑，呈三角形的屋子顶端是一个十字架。紧挨此教堂的右侧有一座三层楼的城堡建筑，大概是钟楼吧，右侧是修道院。

我们很幸运，到教堂时，正好有一对新人在举行婚礼。

据陪同我们的菲律宾青年作家许先生介绍，菲律宾百分之八十的人信奉天主教，因此教堂婚礼是极普遍的，只是有钱有权的人如国家政要、富商，及影星歌星等往往喜欢去马尼拉大教堂，但普通百姓却对进马尼拉大教堂办婚礼望而却步，一则是费用太昂贵，二则是进马尼拉教堂办婚礼的不少都未能白头偕老，而走向了离婚。鉴于这个原因，像圣奥古斯汀教堂也就成了马尼拉新人们举行婚礼的首选地了。

按中国人习惯，在正举行婚礼时，有一帮素不相识的外人招呼不打，自说自话闯进来毕竟是忌讳的。但我们都是第一次到菲律宾，又是第一次在海外的教堂里巧遇结婚典礼，我们怎甘心轻易放过，所以我们也不管主人愿意不愿意，径直往里走，一直走到那对新人跪着的地方。这场面是难得一见的，所以我们几个举着相机，连连拍摄。

我注意到那位新娘穿着白色的拖地婚纱，穿着露背装，盘着高高的发结，那洁白透明的婚纱从头上披下来，那种神韵，美极了。新郎则穿着黑色西服，胸口插着一朵红玫瑰，他俩双双跪在一个软垫上，双手捧着《圣经》，放在罩着白布的矮桌上，那主婚的牧师穿着白色教服，正在大声念着什么，估计是问新郎新娘，你愿不愿意娶她、嫁他，能不能白头偕老，能不能不管对方贫富、病残，永相扶持，走完人生之路，等等。

当牧师把手举向前，音量突然加大时，全体来宾都站了起来。我观察了来宾，男士们一律西装革履，女士与小姐则都穿着类似婚礼装的衣服，第一排是白色的，第二三排的小姐都是粉红色的，且都是露肩露背的，极为性感。

牧师大声宣布过什么后，就走下来给新郎新娘喂圣水。

因为教堂附近不能泊车，我们不能长时间停留，只得匆匆一瞥而恋恋不舍地离去。令我们没想到的是那些参加婚礼的嘉宾对我们十二分友好，向我们点头致意，有的还笑容满面上来与我们握手，虽然语言不通，但他们的欣喜之情，感谢之情我们还是能感觉到的。

在他们眼里，我们是地地道道的老外，有一群老外对他们的婚礼感兴

趣，又是参观又是拍照，在他们看来属人气旺，属捧场性质，无疑是个好兆头，所以非但没有责怪我们，还很开心呢。

可惜我们不知道这对新人姓啥名甚，但我们默默地祝福这对新人永结同心，恩爱一生。

塔亚尔湖与塔亚尔火山

大雅台是菲律宾首都马尼拉近郊的一个著名旅游景点。据陪同我们游览的菲华作家蔡惠超夫妇介绍：这个景点在马尼拉南郊 64 公里处，风景绝佳，保证大家不虚此行。

只是马尼拉的交通实在成问题，堵车的长龙前望不到头，后望不到尾，没点耐心与涵养还真不行。如果在北京或上海附近，高速公路行驶，一个小时无论如何也该到了，可我们那天直到 12:30 才到，已饿得前心贴后背。

蔡惠超说带我们去一个以拿破仑情人约瑟芬名字命名的餐馆吃午饭。据说这是一个海外游客十分喜欢的餐馆。饥肠辘辘的我们，此时只对饭菜有兴趣，至于拿破仑情人、小蜜之类，那是饭后茶余的话题。

一下车，我们意外地发现这约瑟芬餐馆选了好位置。那长堤好像高高的海岸线，坐在餐馆用餐时，我们居高临下眺望，俯视塔亚尔湖与塔亚尔火山，那景色真是美丽极了，我们一行二十多人顿时都忘了旅途的疲劳与饥饿，甚至连喝一口水也顾不上了，全都争先恐后到了餐馆后面的平台上，拿出照相机大拍而特拍起来。

看来，约瑟芬餐馆是观火山与火山湖的绝佳位置，站在这儿真正是一览无余，如果用八个字形容之，就是"蓝天、白云、湖光、山色"。这里海拔仅700米，其最大的特色是湖中有山，山中有湖。据说塔亚尔火山是世界上最低的火山。这塔亚尔湖是由火山口形成的，而塔亚尔火山又独立于湖中，那火山中间凹下去的火山喷发口清清楚楚，令人怀疑会不会突然喷出火山熔浆。听说此火山在1572~2002年间，曾有过32次以上的喷发记录了，是个活火山。有确切文字记载：1911年时一次火山喷发，整个村庄毁于一旦，整整1300多条生命，只有一只幸运的小狗逃脱了灭顶之灾。而30多年前的一次喷发，光火山灰就有74万立方米，这次喷发又使数百人丧生。

是的，此火山休眠时，如美女般恬静可爱，一旦发作时，那就美女变恶魔，刹那间天崩地裂，惊天地而震鬼神。大自然的威力无与伦比，大自然的杰作无人能比。只是能有机会饱如此眼福的人，大概没几个。

这儿，水连天，山连天，水面浩渺，小岛座座，碧水浮玉，恍若蓬莱仙景。加之近处的高高的柳树与芭蕉树，远有远景，近有近景，构成了一幅独特的迷人风景图，让到此一游的客人都流连不忍离去。如果摄影家、画家来此，十有八九有好作品出来。就连我们这些爬格子一族哪个也没有少拍呀，都想把自己与湖光山色融合在一起，定格在一起。

俗话说水火不容，但这儿，火山与湖共生共处，实在是大自然的奇景。让人除了感慨，就是赞叹，一个个赞叹不已。

华人爱住的世纪公园大酒店

　　寄自菲律宾华文作家协会的邀请信写得清清楚楚：第四届世界华文微型小说研讨会暨世界华文微型小说研究会成立大会在马尼拉世纪公园大酒店召开。可惜没去过菲律宾的我对世纪公园大酒店的了解等于零。我只记得菲华作家协会会长吴新钿在给我的信中提到过一笔，说这酒店是座五星级的酒店。

　　到了马尼拉，下榻世纪公园大酒店后才知道：这是菲律宾华人首富陈永栽先生名下的产业，我国领导人江泽民、朱镕基来菲律宾访问期间，都是下榻这酒店的，可见这酒店的不同凡响。

　　菲律宾是个比较欧化的国家，酒店房间里只有英文与日文字样，没有片言只语中文，因为来菲律宾的大陆人远比新马泰要少。酒店服务员见我们，往往先问是不是日本人？再问是不是韩国人？见既不是日本人，也不是韩国人，就猜我们是中国的台湾人、香港人，见我们仍摇头，他们恍然大悟地说："Chinese！"

　　凡住酒店，早餐是免费提供的，在底楼吃自助餐，相当于我们国内的早茶，品种倒是不少，但特多香肠、红肠、熏鱼、熏肉，以及生的蔬菜，有点吃不惯，好在老板毕竟是华人，还有皮蛋、咸鸭蛋、肉松、酱瓜等合我们胃口的东西。

在这里倒常能碰到来自国内的同胞,不过都是航空公司的空姐与飞机驾驶员等,空姐们或一身红或一身绿,服装极为醒目,驾驶员则一律深色制服。在这儿碰到会国语的,自然格外亲切,我们忍不住就与他们聊聊,可惜他们往往行色匆匆,用过早餐后就要拉上他们的滑轮行李箱上机场去。

　　每天送到房间的报纸都是英文的,但总服务台有《菲华日报》等中文报纸,大概中国人来住的不多,所以中文报有限,去晚了肯定拿不到,不过一拿到中文报纸我们就十二分亲切,互相抢着看,特别是关于国内的消息,一条也不放过。如果出了世纪大酒店,再要看中文的报刊,大概只有去唐人街了。

万隆一瞥

接到印度尼西亚华文作家协会邀请书，知道第五届世界华文微型小说研讨会将放万隆召开，就有一种莫名的激动，因为万隆在中国人心目中很神圣很美好的。尽管万隆会议将近五十年了，但当年周总理的风采、万隆的美景、会议的盛况、和平共处五项原则的影响，至今让人回忆、回味。

从雅加达驱车至万隆，要三个小时，柏油马路很窄，像我们中国的乡间公路，正好够两辆车交会而过，整个万隆市几乎见不到什么高楼大厦，一看就知都是些几十年的老建筑，其中相当部分是荷兰风格的建筑，都在百年以上了，看来都是当年荷兰人统治时留下的。

据当地人说，自万隆会议后，万隆基本上没有什么重要的新建筑，整个格局相当完整地保留了50年代时的风貌。

万隆会议是1955年召开的，今年2005年正好是50周年的纪念日，万隆准备召开一个亚非首脑会议五十周年庆典活动，如果当年参加过亚非首脑会议的还健在的话，少说也有八九十岁了。

到万隆，我们最想参观的自然是当年开亚非首脑会议的会场——独立大厦，即如今的亚非会议博物馆。但那儿正在整修，对外不开放，整修的目的就是为了五十周年时对外隆重开放。有人开玩笑说：假如有参加过当年亚非首脑会议的，五十年后再度光临万隆，他会惊奇地发现：自己老了，万隆

却没变,依然老样子,房子还是原来的房子,街道还是原来的街道,树还是原来的树,只是更高大更茂盛,更入诗入画了。因为万隆五十年来无重大市政建设,所以几乎没有砍伐过什么树,就算当年是小树,五十年后也长成大树了,那些原来百年树龄以上的古树,当然更加枝繁叶茂,浓荫蔽地了。

万隆是个恬静的城市,是个风景美丽的城市,是个适合人居的城市。我倒衷心希望万隆保持原貌,如果再过五十年后依然景观如此,那万隆一定是个吸引人的旅游城市。

印尼海关,我被特别检查

从北京到雅加达的航班,到印尼时将近傍晚时分,刚出登机桥,印尼华文作家协会派来接机的就举着牌子出现了。

看来这两位是机场的常客,不但熟门熟路还路路通。过关时,排起了长队,但他把我们一行六人的护照一收,跟过境处的人说了几句印尼话,立即为我们开了一道通道,优先通行。我在想,是否因为我们是中国作家,特别礼遇。

我们一行六个人中,就我和河北邯郸市作协副主席张记书的箱子又大又沉,因为我们俩带的全是书,带书实在与带砖头差不多,死重死重。

我们一行出关后,那边检人员指了指我与张记书的箱子,说了一通我俩都听不懂的印尼话。但从他很严肃的表情,我意识到有什么麻烦了,但想想自己没带任何违禁物品，并不紧张。

边检人员把箱子从 X 光透视过的皮带上搬到一边，让我与张记书打开，我的箱子是用专门的箱包带捆扎的，稍稍解一下，那十字形就解开了，张记书那箱子像捆强盗似的捆了好几圈，费了不少劲才解开，可能那箱子不易打开，那边检人员越发怀疑了，箱子周围竟围了好几个人，一个个神情古板，如临大敌。

当他们打开我箱子时，发现整整一箱全是书，那检查人员似有不信不甘地翻起了书，我连忙指指书勒上的照片，又指指我，告诉他这书是我写的。幸好张记书的箱子里的书也有他本人照片，这时，来接机的连忙跑过去打招呼，意思是我们是来印尼参加华文国际研讨会的中国作家，这样才算过了关。他们终于挥挥手让我们走了。

出了机场，同行的都猜测我与张记书那满满两箱书，在 X 光透视检查时，一定被误以为是成包成包的毒品了，也许吧。因为很少会有旅客带这么满这么齐齐整整的两箱书。

在机场门口，我们又遇到了印尼作协的黄丕振等，他们打了横幅在迎接我们。

黄丕振告诉我们：来机场内接机的是印尼移民局的华人，如果不是他们，出关时麻烦就大了。

原来，印尼当局虽然对华人的政策较之前几年大大放松了，但对华人书籍依然很敏感。海关检查的见我们带这么多书，闹不清什么性质的书，能不引起警觉吗？如果没有移民局的那两位接机的为我们说话，这些书能不能带过关都成问题呢。

至此，我们才明白，开箱检查与毒品无关，所谓毒品，那只是我们瞎猜而已，真正的原因是他们怀疑这些书会不会是赤化的宣传品。

雅加达街头即景

雅加达街头最常见的大概就是拥挤、堵塞的车流了。一条马路上，窄点的三条车流，宽点的四条车流，往往前不见头，后不见尾，半天才挪动几步，等得你心发焦。但雅加达人可能习惯了，习以为常，见怪不怪，反而因此引来了一批专做堵车生意的小商小贩，有卖烟的，有卖饮料、矿泉水的，有卖面包点心的，有卖工艺品的，甚至还有背着吉他弹唱卖艺的。在你车窗外晃来晃去，并大声说着推销的话，构成很特别的街头一景。

可能因为交通太成问题，小车开不快，因此摩托车特多，那些骑手在车夹缝里穿行的技术与胆量真的让我很佩服。车手们不少都戴着五颜六色的口罩，还有不少干脆用手帕当口罩，看来马路上的污染很严重。

雅加达街上有一种绿色的中巴车，车门永远是开着的，属于那种招手即停的小型便利城市交通工具。

最让我奇怪的是雅加达竟有不少烂尾楼，那些还都是不常见的高层建筑，有的已封顶了，有的尚未封顶。我之所以说是烂尾楼，因为那些建筑一看就知道停了不是一年两年了，楼周围无脚手架，无吊车，无干活的工人，默默地耸立着，与周边的楼房形成反差，显得很刺眼。我估摸这些烂尾楼很可能是亚洲金融风暴遗留下来的。

在经过美国驻印尼大使馆时，我发现使馆前摆放着铁丝网，士兵荷枪实弹,可谓戒备森严。这大概是"9.11"后的产物吧,或者是巴厘岛大爆炸后的一种后遗症,给人感觉似乎不很安全,还是少停留的好。

说句实话,雅加达的城市管理还是不到位的,卫生状况很不尽如人意,卫生死角随处可见。与东南亚其他几个国家相比,似乎在现代派进程中慢了一拍。

雅加达印象

作为作家,我曾不止一次地在文章中写到过"把什么什么忘到了爪哇岛"。其实,也就是个借喻,至于爪哇岛,我并没有任何感性认识。特别是在古代,在国人眼里,爪哇岛是一个很遥远很荒蛮很偏僻的境外夷地,总体是很抽象的。

很有幸,在印尼海啸前,我去了印尼,去了爪哇岛。哪知印尼的首都雅加达就在爪哇岛西北部。

雅加达又称椰城,目前人口已达1000万。探究雅加达的历史,5世纪时,还只是个小渔村。16世纪时,形成了镇的规模。1602年荷兰人入侵,成立了"东印度公司",西方文明开始传入,到了1621年,荷兰人把镇扩建为市,定名为"马达雅亚",直到独立后,才把这荷兰名字改成雅加达。

雅加达有不少欧洲古典风格的建筑,都是荷兰人留下的,主要集中在城市的北部,也称老区,老区位于海湾处,风景那边独好,看来荷兰人挺会选址

的。当然，老区不但有荷兰人遗址，还有唐人街，叫草埔（Glodok），那唐人街相当于上海的城隍庙、南京的夫子庙、新加坡的牛车水，但档子要低得多。

雅加达的南部被称之为新区，在新区还能体会到若许现代感。

但总体说来，雅加达的经济是欠发达的，比之中国的江浙沪一带，至少滞后 15~20 年。也许是我在印尼跑的地方还不够多，我在雅加达几天里，没看到地铁，没看到高架，没看到网吧，连夜总会、洗浴中心之类也很少。

我们下榻的是一家四星级宾馆，但与我们同去参加第五届世界华文微型小说研讨会的韩国学者柳泳夏教授晚上想上上网，竟在饭店里找不到上网的地方。

最糟糕的是交通，不知为什么，除了主要马路，不少地方的十字路口都没有红绿灯，也几乎见不到警察。白天，满街全是像龟爬似的汽车，日本车和韩国车居多，丰田、本田等就算高档车了。摩托车特多，在小车夹缝中乱穿，奇怪的是我没见过一次交通事故，这是不能不佩服的。

一到晚上 10 点以后，汽车少了，成了摩托车的天下，那主要马路上，飙车的摩托车一辆接一辆，有时像一个车队似的，一来就十几辆，简直就像飞一样，完全是不要命的比拼，看得我们惊心动魄，真为那些车手捏一把汗。

比之新马泰菲等其他东南亚国家，印尼还不够开放，特别是与中国大陆的联系还不多，因为海外游客，中国游客还很有限，就算有些华人游客，基本上是台湾与香港的。

最麻烦的是在雅加达这样一个首都城市，如果你没个会汉语或英语的翻译，你就寸步难行，因为很少有人懂英语、懂汉语，不懂印尼语，极难沟通。

当然，作为雅加达象征的民族纪念碑与独立广场还是值得一看的。还有伊斯蒂瓜尔清真寺、中央博物馆、TIM 艺术中心等都是不能不看的。

海啸前，我去了印尼

    2004 年 12 月上旬，第五届世界华文微型小说研讨会在印尼召开，东道主是印尼华文作家协会。

    对印尼历史稍有了解的读者都知道，印尼留给中国人印象最深的是三件事：

    其一：20 世纪 50 年代的万隆会议，周恩来总理代表中国政府与亚非国家首脑签署了著名的"和平共处"五项原则。

    其二：刘少奇主席偕夫人王光美访问印尼，受到献花环等隆重欢迎。

    其三：就是三十年来对华人、华侨、华文的迫害、压制，多次出现排华事件，士兵和当地人大肆抢掠、焚烧华人店铺、房屋。60 年代时最严重，最后一次排华是 1998 年。

    梅蒂瓦亚执政后，情况有了好转，这才有了这次华文国际研讨会在印尼召开的可能。

    华族在印尼被压制得太久了，一旦政治气候松动，印尼的华人华侨十分希望这个国际性的华文会议在印尼召开，借以宣传华文，提高华人、华侨的社会地位。因此，不少华人社团乃至个人纷纷捐款赞助，共襄盛举。

    这次会议，邀请的海外代表有 17 个国家与地区的 91 位，而印尼本国的则有 100 多人。

印象最深的有三点：

一、印尼代表几乎全是年过半百的老人，他们自称爷爷、奶奶辈的，因为年青一代能说汉语就不错了，哪会华文文学创作。

二、所有的代表服装统一，女士两套服装，一套大红，一套粉红，极为喜庆、温馨；男士则一律深色西装。据说服装是华人服装厂老板赞助定做的。

三、不少来志愿服务的年轻人，基本上都是近年开办的华语学校学生，他们借这服务机会来学华语了。

这次会议期间，印尼的几家华文报纸，如《世界日报》《国际日报》《千岛日报》等都半版、整版地跟踪报道，且每天有大量会议的报道、报片的刊登。媒体称这次会议是印尼华文文学界百年未遇的盛会。为了让历史记住这次盛会，主办方特意把会议地点安排在了万隆，称之为文学的万隆会议，并且特意在主席台上设置了一面特大铜锣，请各国代表团团长上台，参加鸣锣仪式，以见证这次盛会的召开。我作为中国微型小说代表团的团长，也有幸上台，真的是很激动。

这次会议人数多，规模大，气氛极为活跃。

我们以文会友，在几天的时间里，认识了不少印尼文坛的新朋友。我是12月12日回国的，回国后就冲印照片，然后一一寄去，恰逢圣诞将到，我搞涉外工作，每年寄圣诞卡是必不可少的，于是我又给不少印尼文友寄了圣诞卡，就在这欢乐祥和之时，悲剧发生了，地震、海啸接踵而来，把我的心一下震得沉重万分。有不少人对我说：你命大，你万幸，逃过一劫。我却担心那些印尼文友，不过谢天谢地，到目前为止，我没听到有哪位印尼文友在这次海啸中遇难的，这大概与他们都居住在雅加达、万隆等城市里有关。

海啸是个大题材，我想印尼的华人作家一定会用手中笔去展示海啸中的种种、种种，为人类留下一笔宝贵的精神财富。

去印尼,千万别忘了带手机

印象中我已五六年不带手表了,现在看时间都是用手机代替的。而且身边还有小灵通,双保险呢。

去印尼前,我把小灵通放在了家中,手机带在身边,主要还是看看时间,另外以防万一,或许需要几次国际漫游,诸如告知单位几号几点接机等。没要紧事,谁会去国际漫游呢。

飞机到雅加达后,在取行李时,我把手机打开了,刚打开短信就来了,一看是1868的,文字如下:

尊敬的全球通客户:中国移动祝您旅途愉快,客服热线+8613800100186随时为您服务,中国驻印尼西亚使馆电话021—5761037。

我突然感到涌起一阵亲切,觉得自己虽在异国他乡,可祖国就在身后,使馆就在身边。

不一会儿,第二个短信息又来了,还是1868。

拨号举例:拨当地电话,可直接拨打,拨国内电话00886加手机号码,拨北京固定电话0088610加固定电话号,当地紧急电话112。

说起来,对移动公司来说发这些文字也只是举手之劳而已,但对初次到海外,难得出国的中国旅客来说,这是一种最实际最实惠的帮助,让人放心。此时此刻,对移动公司的好感也油然而生。

在印尼时,我收到了国内多个短信息,只一元钱一条,可谓价廉、方便、快捷。

我从印尼回国仅几天,印尼就发生了海啸,死伤无数,失踪无数,哪些国内亲人一旦联系不上在印尼在东南亚公务、旅游的亲人,那焦急是可想而知的,但假如带了全球通手机,又开通了国际漫游,报个平安不轻而易举吗?打个电话,一分钟十多元,发个短信仅一元,但如果没手机,联系就麻烦了。平安音讯晚一天,亲人要担多少心啊,甚至要给单位,给国内有关部门增添多少不必要的麻烦啊。亲人的担惊受怕,岂是钱能弥补的。

我不是给移动公司做广告,只是有感而发罢了。

印尼的海啸,给了我们许多警示与提醒。

在印尼要学点印尼语

有一个笑话讲:老鼠母子碰到猫的时候,老鼠妈妈学了几声狗叫,结果把猫吓跑了,老鼠妈妈趁机教育鼠崽说:"你看看,学会一门外语多重要。"这自然是调侃,聊博一粲而已。

但事实上,生活中学会一门外语确实很重要,有人甚至不无夸张地说:张口会英语,能跑全世界。英语乃世界性语言,会英语在海外确实方便多了。

只是仅会英语,到了印尼却也会有诸多麻烦,因为印尼人会英语的实在不多。在雅加达,在星级宾馆问题还不大,到了有些小城市,如果不会印尼语,简直寸步难行。

有人说,印尼不是有许多华人吗,不会印尼语找华人嘛。然而,了解一些印尼国情的都知道,自 20 世纪 60 年代印尼当政开始排华以来,三十多年来,在印尼的国土上严禁说汉语,严禁出现汉字,甚至海外电话,如果一用汉语通话,电话里马上出现警告的提醒。由于华校的关闭,华文出版社的关闭,华文报纸的关闭,华人会馆、华人社团的被监视、被压制,60 年代以后出生的孩子,即便是华裔子弟也基本上没受过正规的华语教育,能听懂华语就算不错了,能用华语对话的寥寥无几,能华文文学创作的几乎没有。

华文教育的断档,使得印尼的华人 50 岁以下的,都不太会华语。

因此,在印尼这个国家,你会英语,会华语并不能畅通无阻。如果不会印尼语,与当地人的沟通很是困难。

本来我想去印尼的三宝垅,看看 600 年前郑和下西洋时在那儿留下的遗迹,但就是找不到华语导游而只能作罢。

在雅加达时,我们下榻在芒卡都亚街的都锡酒店,在万隆时,住在帕达纳维沙达酒店也不知是英译还是印尼语译,至于什么意思就更弄不清了。

为了交流,或者说为了礼貌,我们努力学了几个礼节性单词,如"再见",印尼语谓之"史拉默丁卡儿";"你好",印尼语是"阿巴卡巴";"谢谢"是"特里玛嘎散"……

中国素称礼之邦,这几句简单的礼仪语能生硬地说说后,至少能使印尼人会心一笑。

学语言我是挺笨的,同去的贺鹏竟然还学会了"阿固·进达卡姆"(意为"我爱你")、"卡姆·展蒂"(意为"你美丽"),那些印尼女孩听得可开心啦,都笑得脸上灿若桃花。

民以食为天,我还学了几个与生活相当的单词,如"阿逸巴拿思"(译成中文为"热水")、"麻嘎"(为"吃")、"阿毕"(为"火"),可惜我记忆力不行,回国后仅几天,就忘了一大半。看来,学外语有个语言环境很重要。真要急用了,临时抱佛脚,多少也有点效果的。

在印尼,我成了百万富翁

因海啸灾难,印尼一下成了媒体的焦点。我因海啸前刚去过印尼,不断有朋友来问我印尼的情况。

我要告诉读者的是,我在印尼逗留的时间仅仅几天,也只去了雅加达与万隆,但我居然一夜暴富,成了百万富翁。

也许读者要问:难道印尼是个遍地黄金的岛国,发财极为容易吗?

非也非也,印尼是个岛国,号称"千岛之国",印尼使用的货币是印尼盾。在旅游点,美元与人民币同样可以通用,那些小商小贩即便不会汉语,但生硬的"人民币"三字都会说,而且还能辨识100元、50元、20元或10元的人民币。当然,在那些正规的商店与饭店,还得使用印尼盾,特别是离开印尼时,在飞机场交的那笔税,是必须用印尼盾支付的,所以到了印尼即使不买东西,还得兑换一些印尼盾在身边,所谓自有自方便嘛。

印尼盾面值很大,就我见到的,面值最小的是1000盾,我见司机过公路收费站时就给一张1000盾的,我估摸1000盾合10元人民币吧。来接机的印尼作家黄先生见我们对印尼盾有兴趣,一人给了两张。我们一看1000元一张,哪敢拿。黄先生看出了我们的心思,笑笑说:小钱、小钱,绝对没关系的。

后来我们才知道,印尼盾与人民币的比值大约是1000:1,换句话说一元人民币可换一张 1000 元的印尼盾。

　　我一下换了 1000 元人民币。这样，我立即成了百万富翁，因为我手里有了 1,000,000 印尼盾。我还特意在一个华人开的点心店老板手里用 100 元人民币，换了一沓崭新的 1000 面值的印尼盾，1 元换 1 张，正好 100 张。回国后，我给亲朋好友及办公室同事每人两张，我还故意调侃说：派头大点，每人两千。虽然没有人相信这 1000 印尼盾值 1000 元人民币，但拿到的都觉得好玩，觉得这份礼品有意思。看来比买点吃的用的更受欢迎。所谓花钱不多，效果不错。

　　真没想到，向来囊中羞涩的我，去了趟印尼，当了回百万富翁，这段经历，焉能不记。

印尼有座活火山

　　到印尼最值得看的应该是佛塔，那是世界七大古迹之一，与中国长城、埃及金字塔、印度泰姬陵、柬埔寨吴哥窟等并列。遗憾的是大部分游客都在导游的安排下去了巴厘岛。巴厘岛是个销金窟，非自然的景观多于自然景观。

　　我喜欢自然景观，我去了万隆郊区的覆舟山，说得更明白些，就是火山口。

　　因为这座火山的外形犹如覆舟，所以称之为覆舟山。

火山口在山上,在山脚下买好票后,可自愿组合乘电瓶车上山。

那火山口在几个山峰的环抱下,中间凹下去,周围的高山都有明显的灼烧痕迹,呈灰色褚色褐色或红色,几乎寸草不生。火山口周围有栏杆拦着,望下去,至少有几百米深吧,底部有水,似在翻腾,有热气冒着。那岩石都有放射状痕迹,应该是喷发后留下的。当地作家告诉我们,火山口底部的水有两百多度,下去要死人的。我注意到拍照的人不少,胆大的还越过栏杆,站在极边的边上取景,但下去探险探奇的一个没有。

这座火山被科学家认为是活火山口,也就是它随时有喷发的可能。我问了能说汉语的当地人,最后一次喷发到底是哪一年,但没人说得清,有人说一百多年前喷发过,有人说近年还喷发过,也不知哪个说得更接近事实。但站在火山口,确确实实有股硫黄味,如果站在上风处,还很刺鼻呢。

据介绍,这覆舟山虽开辟为了旅游区,但火山的某些区域依然被定为危险区,不得随便接近。因为万一岩浆喷发,逃也逃不掉的。

在这火山口,一是看稀奇、拍照,二是买火山纪念物,三是去温泉区洗澡,据说这儿的温泉含有丰富的矿物质,对皮肤病大有疗效。

来火山口的,照片十有八九拍了,本来我还想买几个火山石蛋做个留念,那是当地人取火山口的石头,打磨成鸡蛋状,一抛光后,或呈蓝色,或呈淡咖啡色,很惹人喜爱,只是要50元人民币一个,不肯便宜。砍了一阵价,那些印尼小贩坚持非50元人民币不卖,后来想想50元就50元吧,一般来说这辈子不会再来这儿了,能买到火山石蛋的机会很可能仅此一次,正在我掏兜时,有人说了一句:"这火山石蛋有没有放射性啊?"

我一听,就此不敢买了,就这一犹豫,与火山石蛋失之交臂。

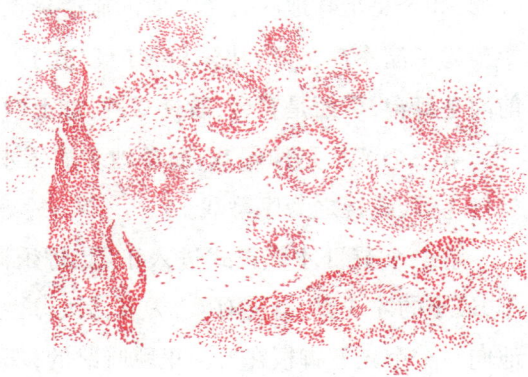

印尼的"昂格隆"

　　"昂格隆"为何物,可能99%的读者是茫然的,我也是到了印尼,观看了昂格隆表演,自己试着玩了一下昂格隆,才知道昂格隆原来是一种竹乐器,一种颇有印尼民族特色的地方乐器。

　　昂格隆是纯竹子做的,利用竹管与竹签组合成一个可以摇晃的乐器,在摇晃中发出音符声,一个昂格隆能发出一种音符,所以演奏歌曲要好几个人同时摇晃昂格隆,才能发出1234567ⅰ的声音。

　　观看昂格隆演出在万隆的快乐村,还必须预约登记,并且至少30人以上才开演。每天表演的时间是下午3:30—5:30,过时不候。

　　据主持人介绍,快乐村是Mang Udjo先生和他已故的太太在1967年创办的,如今是爪哇地区一个重要的旅游景点。

　　为了演奏昂格隆,快乐村专门建造了一个大盖顶的,四周敞开的建筑,前面是舞台,后面是看台,阶梯式的,加上两边的座位,可容纳两三百人呢。

　　第一个节目是傀儡戏,简单地表演了木偶如何跳舞,如何说话表达,如何打斗等,我视之为序幕戏。

　　第二个节目才算正式进入正题,竹乐器上场了,大部分是儿童与青少年,最小的才3岁,有男有女,天真活泼,这些印尼孩子从小能歌善舞。只见他们一个个光着脚板在舞池里跳呀跳的,那昂格隆发出悦耳的节拍。

原来这是表演当地 10 岁男孩举行割礼前的一种祝福仪式。

场面极为活跃，有五六十位孩子出场表演，孩子们随兴而唱而跳，那乐器的旋律把人带到一种古典的意境中。

这后，面具舞也让人印象深刻，两个乖巧伶俐的小女孩跳得极为投入，特别是其中一个，简直就是个小精灵，一投足一扭腰都让人有一种美的享受。

最有意思的是后来每人发一个昂格隆，由主持人教大家如何使用。每只昂格隆都标好 1234567，只要根据主持人的手势，凡到哪个音符的持哪个音符的昂格隆摇动，这样，我们 200 多人的会议代表在主持人指挥下，集体演奏起了昂格隆，连那些上了年纪的都玩得像小孩子似的，似乎早忘了年岁。

最后，舞台上的男孩、女孩来邀请我们下舞池跳舞，不下舞池的帮他们摇昂格隆，现场气氛也就达到了高潮。

我原本以为演出结束后，可能会当场推销昂格隆，因为不少海外来客对此很有兴趣。结果那些发到游客手里的昂格隆乃非卖品，全一一收回。

很纯的表演，很原始很古典，却很有味道。

印尼名菜三宝鱼

在印尼万隆参加第五届世界华文微型小说研讨会，当地的华人社团轮流做东请我们。记得那天是印尼福清同乡会请我们吃晚饭。

当时上了一道菜，相当于我们苏州的糖醋黄鱼，我请教印尼的作家这叫什么菜？

问来问去说叫糖醋干烧鱼。

其实我想知道的是那鱼叫什么名字。

终于有一位印尼老作家如数家珍地告诉我：那鱼叫三舨鱼，也叫三宝鱼。相传600年前，郑和下西洋到了爪哇岛附近，突然有鱼跳到宝船甲板上，郑和将那鱼拿在手里看了看就放入海中放生了。因那鱼被三宝太监郑和的神手算拿过了，所以鱼身上留下了手印，为了纪念郑和，印尼当地人就把那鱼称之为三宝鱼。因发音问题，有人误叫为三舨鱼。

当然，传说毕竟是传说，但有一点是肯定的，郑和在印尼很有影响，当地的土著与华人都怀念、纪念这位伟大的航海家。

如今，糖醋干烧三宝鱼已成为当地一道名菜，很受海内外来客的青睐。可惜知道并能讲述这典故的人不是很多。

文莱的水上人家

　　我们是研讨会报到前一天到的文莱。报到那天上午没其他安排。文莱的女作家王昭英与其先生刘华源要我们8:00在大厅等他们,刘华源开了一辆小车来,他女婿开了一辆面包车来。带上了我与林承璜、北京的白舒荣、福建的戴冠青、邯郸的张记书、张可、澳大利亚的心水、婉冰夫妇等8位,说是带我们去转转。

　　先到了文莱河边,这大概是文莱的母亲河。河对岸就是文莱著名的景观——水上人家,所谓水上人家是指建造在河床里的木结构房,据说有百年历史了。文莱人为什么选择造水上房子,我想无非三个原因吧:一、当年他们的祖先大概主要是渔民,以水中划船活动居多,水上方便;二、文莱是个热带森林国家,住岸上要开山修路,还要防毒蛇猛兽,远不如水中建房省钱省力,还安全;三、居住水上房屋也凉快,可避暑热,特别是早晚,更凉爽。当然这是我推论,不一定正确。

　　水上人家连成一片,倒也壮观,只是万一失火,那相救也太难,尽管房子底下有的是水,但木结构房不经烧,碰到风大,那更是眨眼的工夫水上人家就成灰烬。我问了当地人,烧了不止一次了。

　　我发现水上人家在河对面,对面上岸就是山坡,万一有人袭击,可立马退到山上,不知是否选址于此的理由之一。我还注意到我们这边,河边停了

不少小车，一问，竟都是那些水上人家子弟的。那些车主回家须车停河边，然后乘快艇过河回家。乘一次是一汶元，大约合人民币 5 元，乘这种摆渡艇与我们打的相似，姑且叫它"艇的"吧。

刘华源还告诉我们：水上人家的家里如今已电气化了，冰箱、彩电等，一应俱全，虽如此，吃喝拉撒，总不如岸上方便，但他们祖祖辈辈习惯了，舍不得放弃祖上的老屋，于是，百年传统得以保留，也就保留了难得的一景。

文莱的帝国大厦

文莱有座名字很牛的大厦，叫帝国大厦，又叫帝国饭店，据说是文莱的标志性建筑，是请意大利著名的建筑专家设计的。

车到近处，但见绿树环抱之中耸立着一幢高高的建筑，其高度有七八层楼吧，但奇怪的是外观仅两层，只在顶端加了一层，仿佛戴了只帽子。

进了大厦大门，才觉其高大，才觉其恢宏的气势。有意思的是，此建筑层里面至少三分之一是从地面到屋顶的空间，只三分之二有三个层面，每一层的层高都高得离谱，空间的利用率低而又低。这么高大的建筑不是一层层叠屋架床建上去，承重就成了一个大问题，聪明的建筑师设计了四根一直到顶的方形柱子，柱子造型极美观，白色大理石四边都有浮雕，都有镏金纹饰，富贵之气，高傲之态，充溢整个大楼，弥漫每个角落。

据文莱作家介绍：此大厦是当时的财政部长，也即文莱苏丹陛下的四弟建造的,造价乃天文数字。造此楼,不是为了实用,更不是为了赚钱,只是为了别出心裁,为了在世界建筑史上留下一座别具一格的经典之作。我想这个目的应该是达到了,因为一般国家,谁又会花巨资如此摆阔,去造一座只有欣赏效益,没有经济效益,好看不赚钱的大楼呢。

据说帝国大厦号称六星级,刚建成时,一个套房住一晚要5万美金,除了顶级富豪,即便中产阶级也不敢问津的。后来因住宿率实在太低,入不敷出,只好降尊屈贵,把普通客房降低到每晚300多美元,以便略有进账,好维持大厦日常的水电开销,以及管理人员、服务人员的开支。

二楼是个吃早餐、喝咖啡的地方。吃的人还不少,几乎座无虚席,我观察了一下,以欧洲人居多,看样子都是来度假的,拖家带口的占了一半多。在这儿,早餐的价钱要比中午、晚上的正餐便宜多了。有点心,有水果,有饮料,有红酒,花式花样挺多,服务极是到位,服务员永远笑容满面,永远文质彬彬。

我还特地去了趟厕所,真不愧是超五星级的,厕所里都有休息的客厅,有沙发,有报刊,如果拍张照片带回去,不说穿是厕所,恐怕很少有人会猜到竟是供人方便的卫生间。

耐人寻味的是如此高档的饭店,其大厅的壁画,不是意大利风格的油画,也不是欧洲国家的名画,而是一幅描绘文莱历史场景的大型壁画。但见画面上是海边,一群土著人在迎一只高大的独木船,背景是原始森林。我对文莱的历史没有研究,但可以猜测必是文莱百年前甚至数百年前,某一部落酋长的一次什么重大活动吧。这画,与这建筑反差极大,站在这里,抚今追昔,怎不让人感慨万千。

大厦的后面是海边,出了大厦才知风景这边独好,怪不得帝国大厦要选址在这儿。大厦一箭之遥处是个淡水游泳池,水碧清碧清,泳池四围干净得漂亮得让人怀疑这是公共场所吗?再朝外就是海水游泳池,高高的海岸堤上,有高大的椰树摇曳,有开得正艳的热带花卉,有碧绿的草坪,有吸引眼球的雕塑,有温馨的小木屋,有长长的沙滩,有躺椅,有遮阳伞,大海里可游泳,

可乘快艇兜风。站在海边，我马上联想到电影里电视里见过的那些顶级富翁们的生活。徜徉在这儿，任何一个位置、一个角度都入诗入画，都可以拍照留念，设计者的匠心由此可见一斑。

与文莱苏丹陛下握手

10月26日是第6届世界华文微型小说研讨会报到的日子，各国作家大部分上午都到了，可能今年正好是中文建交15周年，又恰逢文莱国王60岁华诞，再值举国上下共庆开斋节，因此东道主文莱华文作家协会安排已到的与会代表下午去努鲁尔·伊曼大皇宫给国王贺节。

11:30我们赶回泓景饭店。12:00集合出发去大皇宫。

一到大皇宫门口，但见门口排着长长的队，以妇女孩子居多，那些妇女孩子都穿得五颜六色，我发现女性的头巾以红色、紫色居多，小男孩则戴着一种船形的黑帽，那些小男孩裤外有裙，异国风味特浓。文莱孩子大都大眼睛、长睫毛，真的很漂亮，加上他们的服饰，构成了一幅色彩斑斓之图，煞是好看。

门卫显然把我们视为贵宾，我们没有排队，车子直接开进大皇宫大门，大皇宫在一个很高的土坡上。进去后，车停在了大皇宫门前，有人引着我们进去。进去先发一号码纸，说是凭此领礼品的。排的人虽多，却秩序井然，一点不乱，穿警服的服务人员有男有女，人数众多。女警最惹人注意，她们头上围着纱巾，只露出半个脸，再戴上警帽，怎么看都觉得有意思。

文莱属热带国家，那天温度 33 到 34 度的样子。这皇宫的大厅都是敞开式的，装空调也没用，因此用了不少吊扇与立式电风扇，只是地方太大，电风扇无济于事。而我们被告知要见国王，所以各国作家特地穿了长袖、西装，戴了领带，以示庄重，结果一个个热得大汗一身。

进入用餐的大厅后，每人发一个大盘子，每经过一道菜前，你要就给，要多给多，反正装满为止。我看了一下，有牛肉、羊肉、鸡肉、土豆、虾，还有蘑菇、橄榄等，我饭量小，浅浅一盘就够了，有些当地人那一盘饭菜堆得高高的，不知怎么吃得下。除了饭菜，还有各式小点心、面包、蛋糕，以及各种饮料。我们几个在帝国大厦吃过了，不饿，只是象征性地吃了点。其实在那场合，观察这么多人吃国王的免费午餐，远比自己吃更有意思，我观察了一桌又一桌，尽管有些人吃相不雅，用手抓的也有，狼吞虎咽的。但浪费的极少，这使我大为感慨。

吃罢饭，又进另一厅，又是排队，被要求男归男一排，女归女一排。说是男的给国王贺节，女的给王后贺节。排了一会儿又进入一大厅，此厅中全是座位，我粗粗数了一下，一排 60 多座位，有 30 多排，至少可容纳两千人。

估计这是最后一次排队了，因为警卫人员凡看到手里有包，有照相机的，都要求交他保管，每一物件给一牌号，我的数码相机小，放在了口袋里，想在与国王握手时拍张照。

到了那里，我终于闹明白了，开斋节庆祝长达一月，今天是皇宫开放给老百姓的三天中的最后一天。在这三天，文莱国的臣民可以去给国王、王后贺节，国王与王后要接见来贺节的臣民，免费招待一顿午餐，每人给一份礼品。

终于轮到我们进去了，只见国王等共有七八人一排站立，其中一位还是未成年的，据说是王储，其他几位是国王的胞兄胞弟。轮到进去贺节的，就与国王与他的王兄王弟，以及王储一一握手。原想拍张照片，但警卫人员根本不让，但我注意到有两架摄像机固定架着，全程录像。这房子中间用屏风

隔开,另一边是臣民在给王后贺节。

握手结束,出宫时可凭那号牌票领一盒礼品与一张国王的照片,上有国王的签名。那饭盒子是黄色的,上有王室的徽记,饭盒里是各式小点心。

在回饭店的路上,大家议论纷纷:这国王王后在这三天中大约要接见十万臣民,即便两人分摊了,每人也要握五万次手,每天站在那儿的时间不会少于六小时。看来这国王、王后也不好当。

最有意思的是,这马来新年的日期是根据每年观察新月定的。凡去过青海等伊斯兰教集中的地区,常常会看到清真寺顶端有一弯新月。文莱也按回历教规,依时按日观察新月出现以确定开斋节开始的大喜日子,今年欣逢开斋节,我们进了皇宫,见到苏丹陛下,难得呀!

国王今年 60 岁,留着小胡子,很是威严。据了解,苏丹(即国王)陛下曾在英国皇家军队受过特殊训练,是位喝过洋墨水的军人出身的国王。还听说他两年前新娶了一位当时只 24 岁的马来西亚电视台的女主持人为王妃。王妃长得很漂亮,见过的人都这么说,我只见过她照片,从照片看,堪称大美人了。

国王接见,握一下手,还有礼品赠送。如果放在封建社会,那可是大事一桩,属光宗耀祖的事,家谱上也要记一笔的。但时至 21 世纪,在我们看来,国王也是个普通人,与他握过手就握过了,最多嘛多了个聊天、吹牛的资本:我与世界首富苏丹陛下握过手了,如此而已。

去文莱中产阶级家庭做客

　　文莱诗人杨永平开了一部别克商务车来,说先接我们到他家坐坐。去看看文莱中产阶级家庭的情况,了解一下文莱国民的生活状况,那求之不得,对我们这些到文莱参加文学性国际研讨会的作家来说比逛街逛商店更有意思,更有价值,我们欣然前往。

　　杨永平的家在一个小山的山坡上,七拐八拐开了好一阵呢,我们正好沿路赏景。文莱是个岛国,植被特别好。如果说新加坡是个花园国家,文莱就是个森林国家,到处都是热带树木,林木掩映下,有一幢幢独立的小别墅,往往带前院后院,除了家家有汽车库外,有的人家还有专门停放游艇的敞棚,文莱的生活水准可见一斑。

　　杨永平原来是做建材生意的,现已把生意交给儿子,自己写写诗,享受生活,颐养天年。据说他还是这次会议的赞助者之一呢。

　　杨永平家是一幢独立的二层建筑,约350平方米,造价在53万汶币,约合人民币300万吧。车库里一溜停放着6辆车子,4辆小轿车,2辆面包车。杨永平说他膝下一男一女,一家连女婿、儿媳6个人,反正一人一辆车。

　　虽然杨永平已是第二代生活在文莱的华人,但他家中的摆设还很中国式,不少是中国的装饰与物件,有龙有凤,门口还有大件的中国瓷器花瓶等。我特地细看了他的书橱,里面有《郑和传》《唐诗三百首》《宋词三百首》《元

曲三百首》《康熙大帝》《影响孩子的 100 位中国人》《金庸传》《中国新总理朱镕基》等。

最令我看不懂的是厨房与客厅竟有 6 个冰箱，而且那冰箱都是特大容量的，可放不少东西，我不好意思开冰箱，不知里面放些什么。

家中有一女佣，我以为是菲佣，一问才知是马来人。杨永平告诉我们：同样一个女佣，菲佣要比其他国家的女佣贵百分之三十，像他家的女佣每月的工资是 250 汶元。

我们进去时，杨先生的夫人正在看电视，看的竟然是中央台，画面很清晰。我们来文莱五天还没有看到过中国的电视，没想到在杨先生家看到了，一种亲切感油然而生。我这作家是业余的，本职工作是侨务办公室，此时此刻，我真的很感动，很激动。什么叫中国心，什么叫血浓于水？这就是呀。还有什么比这更说明问题。

院子很大，估计有 3 亩土地，种了不少花草树木，还有喷泉、流水等，看来主人为了设计、拾掇这个花园费了不少心思。房后面是山，山上密匝匝全是树，杨永平告诉我们：有时山上会下来一群猴子光顾他家，一来十几只是常有的事，这样的生态环境真正是天人合一，让人羡慕不已。

参观文莱国家博物馆

文莱诗人杨永平可能从聊天中知道我对历史、文物有兴趣，就带我与德国的作家兼画家谭绿屏去了文莱博物馆。

文莱博物馆建在一条公路边，外观并不怎样富丽堂皇，但面积很大，门内的大厅极为宽敞，大厅中间有一只船的模型，想来是告诉参观者文莱的昨天与船有着割不断的联系。大厅一角有工作人员，参观者要登记，但无须买票。那天我们是仅有的三位参观者。

里面有好几个馆，有石油馆、文莱历史馆、服饰演变馆，我最有兴趣，印象最深刻的是陈列海底打捞实物馆。我看得呆了，这里陈列的瓷器，几乎清一色是中国产的，以我有限的知识，，我能辨别出宋代的、元代的、明代的、清代的。这些盆呀罐呀，不少造型样式都是我从没见过的，从那图案看，不少属于外销瓷，是看样定做的。这些瓷器相当一部分上面有珊瑚，可见在海底至少上百年，几百年，甚至近千年了。有些盆与罐之大堪称盆、罐中的巨无霸，如果拿到拍卖行去，每一个都可拍到天价。而这里，陈列的不是一只两只，也不是十只百只，而是数百数千，有的样式，光一种就几十只、上百只。盛产石油的文莱太富了，不会拿去拍卖的，如果中国的瓷器收藏家能有机会来这里看一下，肯定把他们的眼睛都看红了看直了。但看来到过这里的大陆人凤毛麟角，因为我注意到签名本上全是外文。其实，这是一个值得一看的好去处，搞瓷器收藏的尤其应该去开开眼界，即便花钱专门去跑一趟也是值得的，保证会说：不虚此行，大有收获！

去美国领事馆签证

　　美国加州大学柏克莱分校邀请我去旧金山参加"海外华文文学国际研讨会"，当时我的护照正在办理去埃及、土耳其、希腊的签证，这是省作协组织的一个作家访问团。原定 11 月 6 日去，11 月 14 日回来。我的美国之行是 11 月 27 日，我算算还来得及，准备两边都不放弃，但后来因希腊的签证比较复杂，埃及之行推迟到 11 月 20 日出发，这样我两者只能择其一。

　　美国的邀请费用是由美国亚裔研究会负担的，研讨会结束后还要访问五个城市，共 22 天，而埃及、土耳其、希腊以后还有第二批，我毅然放弃埃及之行。

　　因为这一折腾，收到寄回的护照时已 10 月中旬了。我是搞涉外工作的，所以对签证不陌生，我知道美国除了在北京有大使馆外，在上海、广州、成都、沈阳都有领事馆，可分片签证。上海领事馆负责上海、江苏、浙江、安徽等三省一市的去美国签证，我是江苏的，可去上海签，不必跑北京。上海离太仓只 50 多公里，还是比较方便的。

　　去美国领事馆签证须先领取赴美申请表格，要填中英文两份，而这表格除了去大使馆、领事馆领取外，还可到指定的中信实业银行领取。每份是 65 美元，合 559 人民币，从 11 月 1 日起又涨价到 100 美元，而这表格复印是没用的，因为关键是要交费后保存那张收据，将来签证时没那张发票是签

不到的。

领好申请表一填好申请表后,就得给美国使馆或领馆打电话,预约时间,随随便便去是签不到的。

我曾听一位广东的朋友说,他打了一百多次电话才打通美国领事馆,我还有点不信。等到我自己打电话时才知道美国领事馆的电话可能是世界上最难打通的电话。你打过去,永远是忙音。我想一上班打的人少,打了,打不通;中午吃饭时打,也打不通;晚上下班前打,还是打不通。第二天,我使用重复健,断断续续打了一天,依然打不通。到第三天,我已没信心了。我朋友说:得有耐心,要坚持反复打。

后来,我把我的姓名、护照号、出生年月等写在了一张纸上,请对面办公室的一位朋友也帮助打。谢天谢地,总算打通了。约定 11 月 6 日 10 点去签证,我的预约号为 161 号,我是 10 月 23 日打通电话的,我算了算要整整半个月时间,可见想去美国签证的人不是个小数目。

我还听说赴美签证的拒签率很高,只一小部分人能签出,大概怕有移民倾向。其实就算老美把我绑架了,我也不会留在美国。所以很坦然,我觉得老美没有拒签我的理由。

我这人平时不喜欢拎皮包,但签证那天为了不让老美小瞧,我特地翻出了一只从未用过的公文包,派头十足地拎了而去。到了美国领事馆签证处,我刚排队,就有人来对我说:"包是不能带入领馆的,要到对面寄存。"嘿,这公文包白带了。到了对面寄存处,一看寄存包 5 元,5 元就 5 元,但那位服务员又问我有没手机?结果寄存手机又是 5 元。那老美规矩可多,手机、呼机、钱包、公文包、手提包等一律不准带入领事馆。

我的运道还不错,第一,那天天气不错,不冷不热,如果大热天,或冬天刮风下雨,站在领馆外露天排队也够呛。第二,我 9:30 到,排队人不多,不一会儿就排到了。进去前,先要报姓名与报预约号。

我广州那位朋友因粗心没记住预约号,结果没让他进去,害得他只好重新预约。

进入里面后，有已第二次来签证的告诉我：先到A窗、B窗口排队把材料交掉，有的人准备了一大沓材料，但都退了出来，只收护照、申请表、发票与邀请书。

交后再另外排队，等候叫号面谈。所谓面谈，其实就是叫到号的到窗口与签证官见见面。问一下情况，以决定签还是不签。这窗口与火车站买票的样子差不多。

我注意了一下，共有六个窗口，但那天只开了三个，二号、三号窗是两位美国小伙子，三十岁模样，一般个头，一样的金头发，五号窗口是位女性，肯定是中国血统，来过的说是台湾人。

我观察着那些签证的，时间最长的不超过五分钟，通常两三分钟就决定了签还是不签。如果不签，他们说声："对不起。"拿起一章子，在申请表上盖下去，再给你一张纸，连同护照退还给你。据说那纸上写着种种不能进入美国的理由。

我领到的号码是350号。在等候叫号的时候，我发现这领事馆签证处像是搞选美活动，竟然美女如云，有七八位妙龄女子，都二十多的年纪，都1.65米以上的个头，且个个青春美貌。一问，都是去陪读的，可惜漂亮没用，好像都没签出，老美的铁面无私可见一斑，要是在我国，这样靓丽的女孩，总会放一码的。

如果在这签证处待上几天，保证故事不断。我仅等了个把小时，就见到了很有趣的几幕。如有一股民，在等叫号时，闲着无聊，把手机拿出来看股票行情，结果被警卫人员看到了，一把抢走了他的手机，招招手让他过去，那位大款模样的中年人老老实实跟了过去，连哼都没敢哼一声。

还有位生意人因遭拒签，大声说他欧洲已去过三次，跑过十多个国家云云，但老美并不想听他申诉。下一个号码已在窗口上打出了，立马有警卫人员来把他请出去。

有位女的是从外地来的，普通话不标准，老美听不懂，后来又请那位台湾籍的女签证官来听。那女的急死了，带着哭腔说："我不知该如何向你们

海外见闻

解释才好,我总不见得欺骗你们吧……"这个女的是签证时间最长的,但最后还是拒签。

我发现 2 号窗一个也没签出来,全是拒签。三号窗有个别签出。

我开始以为叫号是按顺序的,但从窗口上方打出的数字没规律可循,一会儿一百多号,一会儿两百多号,一会儿三百多号。有一位拿到后两位是 44 的,看着那号直犯愁,认为这号太不吉利了。我这才注意起我的号不错。预约号是 161,相加不就是 8 吗,进入领馆后的排队号是 350,相加不也是 8 吗,我阿 Q 式地自我安慰自己。

轮到我时,那位三号窗的美国小伙子问我:"你是国家公务员,为什么不用因公护照,而用因私护照?"

我一下子紧张了起来,心想坏啦,大概要拒签了。我算反应快的,马上说:"我 8 月去菲律宾时也是用的因私护照。"我见他不置可否,又补充道:"我另一个身份是作家,这次会议与我工作的业务无关。"签证官依然没表态,又问道:"你月收入是多少?"我答:"四五千。"若按工资奖金,我仅 2000 多元,但加上稿费收入,也就差不多这个数了。签证官说:你过了。去 C 号窗等护照吧。"

大概我算是最顺利的,前后仅半分钟。

在 C 号窗领护照的有五个人,一个是生意人,去美国采购 200 万美金的设备;一个是访问学者,另两位是大学生,是学校出钱的。

因为签出的人实在太少了,所以等了半小时,护照就拿到了。我广州一位教授朋友签证时,要第二天才能拿到护照,这就麻烦多了。

我出领馆后碰到了南京的一位女同志,她是省药物检验所的,应邀去美参加世界心脏病药物研讨会,她从南京开车来的,11 月 10 号的飞机票已买好了,但不知为什么拒签,很是失望的样子,她直说我运道好。

在美领馆对面,有一大帮人聚在那里,有遭拒签的,有来陪同的,有来咨询的,这些人议论纷纷,说哪位签证官是"某某杀手",在他手里最难签;说哪位签证官最难说话,是个冷面无情之人。又说遭拒签没规律可循,要不早想出对策了……

我离开美领馆时，那一拨人还在议论着，我感慨万千。

在美国过海关

说起来，这几年我也跑过八九个国家与地区了，但都是结伴而行，且都是东南亚国家。而这次，我是一个人去美国，老婆担心我不会英语，出了国门怎么办。我说船到桥头自会直，活人哪有被尿憋死的，总归有办法的。

也算是我运道好，邻座是位上海人，去美国已13年了，他成了我的临时翻译。下了飞机后，他告诉我先得过移民局这一关，会问一系列问题，我说我英语不行咋办？他说会有中文翻译来的。

因我是中国护照，与他不一个通道走。那移民局的瞧了一眼我的护照后就盘问起了我。我一句也听不懂，只好老老实实地指指嘴，又指指耳朵，摇摇了手，然后两手一摊，双肩一耸，表示我既听不懂，也不会说，一副很无奈的样子。移民局的见我如此，大概看我相貌不像拉登派去的恐怖分子，故挥挥手，让我过了，如此顺利，我也很意外。

过了移民局这一关，还有海关这一关。自从"9·11"后，谁都知道，美国的安检很严格，诸如鞋子要脱下，行李要打开。我有这个思想准备，反正我又没带什么违禁东西，再查我也不怕。但我不识英文，不知该排哪一排过海关，正在我东张西望时，有一海关工作人员上前，请我到另一条通道上

过关。我朝那边一望，只一个人在过关，与这边两排长长的过关队伍形成鲜明对比。但我马上意识到：我肯定中头彩了——被抽中特别检查了。我心里很清楚，一旦抽中特别检查就比较麻烦，说不定每一件小东西都要反反复复、仔仔细细地查一查。不过，我很坦然，所谓贼不做心不虚嘛。

我走过去时，我前面的那位正在享受开箱大检查的服务。那长长的柜台上放满了他从箱子里拿出来的东西。我过去后，那海关的照例盘问了起来，我依然如法炮制，用手指指嘴，再指指耳朵，再摇摇手。那海关的不知以为我是聋哑残疾人，还是判断我这听不懂英语说不来英语的中国人不可能到美国搞恐怖活动，反正他犹豫了一下，就挥挥手让我过了，连例行的检查也免了，就这样，我一样没检查，连安全门也未过，就过了海关，是最快最轻松的一次，比到东南亚国家还松。不知这算不算我的运道。看来懂英语有懂英语的好处，不懂英语有时也有不懂英语的好处——这是一例，或许是特例。

倒时差

凡去过欧美国家的，都体验过倒时差。所谓时差，就是指不同时区之间的时间差别。譬如我们中国人都用北京时间，以北京的日升日落为标准、为参照系来制定我们的作息时间表。如果到了新疆，只觉得天怎么黑得那么晚，其实这里有两三个小时的时差，但时差不大，并不影响我们的生物钟，该睡就睡，该起就起，最多感觉天亮得晚点而已。

但如果是东半球与西半球的话，那时差在八个小时以上，例如中国与美国，隔了一个太平洋，正好昼夜颠倒。换句话说，中国大白天时，美国正黑夜，美国大白天时，中国正黑夜。这就有点麻烦了，原本在中国时，你该上床睡觉了，可一到美国正大白天，睡吧，晚上怎么办，不睡吧，又困得慌，这就是时差。

　　要把这颠倒的时间再颠倒过来，就叫倒时差。

　　我是北京时间 11 月 27 日 12:35 从上海浦东机场直飞美国旧金山的，抵达美国时，是旧金山时间的早上 7:25。有趣的是在飞了十一二个小时后，27 日还是 27 日，而且时间还往前提了提，仿佛时光倒转了。

　　可能是初到美国，一切都新鲜，加之那天阳光灿烂，下飞机后睡意全无，并无丁点时差感觉。但到了宾馆后，一见那软软的席梦思床，不知是不是条件反射，反正瞌睡虫袭来了。

　　美国的朋友告诉我：到美国第一天的白天千万别睡，一定得坚持住，如果挺过一个白天，到晚上再睡，这时差可能就倒过来了。如果一到美国先睡觉，那就如小孩睡颠倒了成夜哭郎，明天白天必犯困，晚上就如失眠般难受，更糟糕的是，据说如果头一天时差倒不过来，往往要一个星期才能逐渐适应，那这一个星期就受罪了。

　　我知道美国朋友的话是经验之谈，所以我告诫自己：不能睡！

　　正好饭前又到了日本武藏野美术大学的廖赤阳教授与香川大学的王维博士，我们就三人结伴外出逛逛。王维博士已来过美国多次，所以她当了向导。

　　我这人，一到新的地方，有风土人情可看，有名胜古迹可看，立时会精神抖擞，因此我睡意跑了个精精光，似乎根本不存在时差问题。

　　欣赏了旧金山夜景，我才回宾馆。与我同宿的是广东佛山大学的姚朝文副教授，他是下午到的，可能他在飞机上睡过了头，那晚他兴奋得一点不想睡，而我逛了大半天，确乎有些累了，就早早躺下睡了。据姚朝文第二天告诉我：我一躺下就起鼾声了，睡得好香好沉，而他则翻来覆去睡不着。他说他十二分嫉妒我。

第二天早上我起来，洗好澡后，见姚朝文正呼呼大睡呢。我考虑再三把他叫醒了。他极不情愿地睁开了眼，埋怨我说他折腾了一晚上好不容易刚睡着，却被我叫醒了。我是不是残酷了点，无情了点？但我知道如不叫醒他，他这时差更倒不过来。

因为到美国后第一个晚上睡得很香，时差基本上倒过来了，白天就很精神。姚则第二天仍有些昏昏欲睡的样子，看来他的时差还没完全倒过来。

第二天晚上，我睡得正香的时候，姚朝文把我叫醒了，迷迷糊糊中我问他："干什么？"他也不管我高兴不高兴，一个劲说："起来，起来，快起来！"

难道拉登又搞恐怖活动了？我一下清醒了，哪想到这家伙叫我起来拍旧金山的夜景。我气得骂了他一声："神经病！"他说他实在睡不着，已起来几次了，从我们住的十一楼望下去旧金山的夜景美极了，他叫我千万别错过。我知道他对我的呼呼大睡一定嫉妒得眼睛出血，为了平衡他的心理，我只好爬起来给他拍了几张夜景。他大概拍出兴致来了，拍了还要拍，像个孩子似的。

我一看手表，正半夜3点多钟时，我赶紧再睡，可被他这一折腾，我也睡不着了。还好已睡了几个小时，问题也不大了。

从美国回来，飞了近十四个小时，到家已晚上9点了，即便在飞机上打瞌睡，总睡不踏实的，人确乎很累了，洗洗澡正好睡觉，这个时差容易倒。

总而言之，谁如果有机会去欧美国家，这倒时差的经验与教训还是应该记取的。

美国人的诚信

　　若你问在美国最值钱的东西是什么，说出来也许你不信，不是豪宅，不是小车，而是诚信。在美国这个社会，人人都把个人的诚信看得比什么都重要，因为一旦社会对你的诚信度发生了怀疑，也就意味着你无法再在美国的上流社会中过体面人的生活了。

　　譬如我在美国某些街道上看到类似中国公交车那样的牌子，原来上面写着"泊车不超过两小时"，或者"几点到几点可以停车"的字样。我有点奇怪，有几条街上行人稀少，也不见巡警，鬼知道你几点停的车，几点走的，多停一会儿又有什么要紧的。

　　美国朋友告诉我，这就是考验你诚信不诚信的地方。你以为没警察，偏偏有时会来个警察，他见你车泊在那儿，他会在你泊车轮胎上划上一个记号，或写上几点几分字样。如果凑巧他几个小时后再过来到这里，见你车还泊在那儿，他会一张罚单开了放在你车上，你拿到罚单，得乖乖地到指定地点去交罚款，一交罚款，电脑上就显示了出来。你一次没交，没人说你，第二次再违规违章被逮住了，开了罚单给你，你仍装作不知道没看见，不理不睬，也没关系，不会有人来指责，传讯你，但俗话说一二不过三，若第三次你依然老油条，对罚款单视而不见，那么你就倒霉了。因为美国人对你的诚信考验是三次，第三次再如此，他们就认为不可原谅的了，就认为你的诚信度有问题了。这样，你的名字就进入了无诚信的黑名单，一旦进入这个黑名单，你有天大本领，也难以开后门把这名字从黑名单中除去。

谁如果上了诚信黑名单，就意味着你不可能再得到银行的任何贷款，也很难再找到薪金丰厚的白领岗位工作。而美国这个国家，失去了贷款的机会，就像在中国丢了身份证，会变得寸步难行，所以美国人再傻，也不会傻到拿自己的诚信度开玩笑的。

明乎此，就会理解美国人为什么能那样遵章守纪，在无人的十字街头也绝不肯闯红灯。

看来养成一个好习惯，内在的因素果然重要，外在的因素也不能不讲，看来制度与管理比什么都重要。

美国街头见闻

美国是一个崇尚自由，张扬个性的社会，而且美国人很直率，喜怒哀乐喜欢放在脸上，往往在大庭广众会很直露地表白。比之我们东方人，少了一份含蓄，但也不无可爱之处。

有一天，我在旧金山的大街上走马观花，因走累了，就在一台阶上坐下稍事休息。这是一个十字路口，我的位置，正好可以看到马路前方与横马路的行人。我见横马路上有一个子高挑的金发女郎边走边打手机，看她样子，似乎很着急的神情，而这时前面马路上有位美国小伙子也在不停地按手机，好像是占线打不通。不一会，金发女郎转弯了，一转弯她就看到了前面正在打电话的小伙子。金发女郎很夸张地叫了起来，飞奔过去，两个人就此在马路上拥抱、接吻，似乎此时的世界上只剩下了他们两个，其他都不存在了。看着他们如此投入，如此忘情，如此旁若无人，我真看得有点傻了。若在中国，再你热恋中的男女，再你久别重逢，也不至于在街头这样无所顾忌地亲热吧。因为在中国人心里，男女之情之爱是很私密的事，最好除了两个当事人知道外，其他人都不要知道。不过，我也很佩服美国人的坦诚，爱就是爱，管别人怎么说干吗。

　　我在三十九号渔人码头游览时，天色已晚，华灯初上。我走着看着时，突然有一对青年男女不知怎么一下激动起来，没来由地就当街拥抱了起来，而且抱得很紧很紧，抱了很长很长时间，那个男的很用情，那个女的很陶醉。我犹豫了片刻后，终于用相机拍下了他们忘情相拥的镜头。那个女的正好从幸福中睁开眼睛，她见我在为他们拍照，很开心很得意地笑了，笑得灿灿烂烂，我想这一对一定是真情流露，我为他们高兴，真心祝福他们。

　　不过，说老实话，也有一对的接吻让我看了不舒服。那是在渔人码头的一个街头游乐场，有一架孩子们乘坐的转盘车，转盘车上有十几个骑马状的座位。我见到有一个十八九岁的少女，坐在上面，那少女是不是大陆的，或者是日本的，或者是韩国的我不能确定，但肯定是亚裔。她的边上有一位黑人小伙子，他一边吻着那座位上的少女，一边随着转动的转盘，像驴推磨地走着走着。我注意到有一个专职摄影师模样的人在跟着转盘为他俩拍接吻照，那黑人不断变换着接吻的姿势，让那摄影师反反复复地拍着，不知是我内心深处有种族偏见，还是他们实在有作秀嫌疑，反正我看了觉得很不是个味，到底为什么我也说不清。

　　总之，在美国街头，什么事都会发生，你见到任何稀奇古怪的人与事都不必大惊小怪，都不要去围观，否则，反被美国人把你视为另类。

美国的街头艺人

在美国的街头，只要留意，常能见到一个或几个旁若无人地自拉自弹、自吹自唱。过路的，观光的，你驻足观看，他也是这样聚精会神，你脚步匆匆，无暇欣赏，他也是这样一本正经；你给钱，他不说一声："谢谢！"只管弹他的拉他的吹他的唱他的；你不给钱，他也不会埋怨你半句，依然顾自弹他的拉他的吹他的唱他的，那投入的情绪丝毫不因旁人的情绪而受影响。

譬如在一条马路边上，我见有一个黑人立在那儿摇头晃脑地吹着黑管，地上放着两只碗，显然这是带有卖艺性质，甚至乞讨性质的，那碗里已有若干小面额的纸币与硬币，那黑人闭着眼，忘我地吹着，完全沉浸在音乐的世界里了。我给他拍照时，他不置可否，或许他根本没看见我，或者他太专注于他的音符，也不想让别人来干扰、破坏他的那种快乐。

在另外一条街的一块草坪边上，我老远就见到有个黑人正独自在击打着西洋鼓，周围寂无一人，既无人与他做伴，也没人来欣赏他，可他自得其乐，一派神采飞扬。看得出。这位黑人鼓手不是在卖艺，而是在自娱自乐。我与我朋友走近后举起相机各拍了一张，他见我俩拍他朝我们笑笑，又站起身来指指那鼓，示意我们也去击打一下，我一时好奇，就接过他递来的鼓槌，坐下去敲了起来，那黑人在我身边像孩子般开心地笑了。我朋友连忙把这收入镜头。我朋友见后，如法炮制，也拍了一张与黑人鼓手的合影照。我们离开时．黑人鼓手还不停向我俩挥手道别呢。

在渔人码头一棵高高树立起的圣诞树下，有位白人吉他手在自弹自唱，还用绳子圈起，似乎是不让游人靠近，我见后，又想去拍张照，但陪同我的美国朋友告诫我说在美国拍人像照，最好征得他本人同意，免得麻烦。我一听，知道万一扯起肖像权来不好弄就算了。

最有意思的是有两个穿着古铜色衣服的人，站在街头一动不动，乍看真像两座青铜雕塑，但你若往他手里拿着的帽子里放了美元或其他钱币，他会慢慢朝你点个头或鞠个躬，之后，又一动不动，或者摆放成另外一个造型，纹丝儿不动。这种不知算不算行为艺术家，用这种方式宣传艺术，进行募款？乞讨？倒也有点意思。

街头弹唱，甚至在地铁在公交车上弹唱，在中国某些城市里也有个别出现，但街头活人造型艺术。我孤陋寡闻，好像还没听说过，但我想，早晚会和美国一样，也会出现的。

美国的街头报刊箱

可能因为我是爬格子一族的，所以我到美国旧金山后，特别注意有无报刊亭，遗憾的是我没有发现。这与中国各大小城市报刊亭随处可见形成鲜明对比。

后来我进了几家书店，发现杂志、报纸在美国的书店中占了相当重要的

位置,特别是杂志,一排一排陈列着,还分着类,有文学类的,有影视类的,有生活类的,有体育类的,有儿童类的,定价都不菲。甚至报纸也有专门的陈列柜,这在中国正规的新华书店诚难见到这种情形。

我对旧金山街头没有书报亭很有看法,觉得少了一道靓丽的城市文化风景线。后来我发现美国街头有相对集中的一只又一只的铁箱子,原来这里放的是报纸与杂志,有的是免费赠送的,你只要一拉门,就可随意取一份;有的是要投币购买的,价钱上面都标着呢。那铁箱子通常有一面是有玻璃的,这样可让读者看清里面是什么报纸与刊物,甚至还可看到封面或第一版的内容。与我同去的一位副教授懂英文,他取了多份免费的报纸,我不懂英文,只拿了两份中文报纸。这种铁箱子等于是无人售报亭,看上去简陋,却十分便民,也减少了劳动力。我注意观察了多个铁箱处的取报情况,从未见哪个取两份的。

这种简陋的铁箱子在我眼里终于演变成了旧金山街头一种美丽的文化景观。

美国的街头电话

在美国旧金山,街头电话随处可见。若论电话亭的大小、质量,远比不上中国一些城市近年新建造的街头电话亭。而且据我观察,这些街头电话亭的利用率也远不如我们中国大陆。这可能与我们中国的人口密度有关系,另外与大量的流动人口有关吧。美国的城市,旧金山算是个人口密度高的城市,但街上总是人迹稀稀,很难见到北京王府井大街与上海南京路那种人头攒动,摩肩接踵的热闹景象。

美国的电话亭最让我好奇的是电话机下方都吊着一只黑色塑料盒子,后来我走近一看才知原来在里面装着一本电话号码本,这真是方便顾客的举措之一,若放在中国,将被冠以便民措施。我还特意去观察了几个电话亭,没一个电话亭下的电话簿有被拿走的。也很少见翻得破破烂烂,不成样子的,这说明大部分使用者还是很注意爱惜的。

在美国时,面对这一本本街头电话亭的电话本,我想到了这样一个问题:假如我们中国的城市街头电话也配备这样一本电话本的话,它能没人取没人拿吗,就算没人拿回家,能使用多长寿命而不卷角不破损?

我想了很久很久,我以为素质不仅仅是高学历,不仅仅是西装革履,有时,更多的是从微小的生活事件中反映出来的。

美国的感恩节

我是 11 月 27 日抵美国的,而第二天正是美国一年一度的感恩节。

感恩节相当于我们中国的春节,是美国人极为重要的一个节日。关于感恩节,很多人从字面上释义,以为与耶稣或天主有关,其实不然。其实感恩节与美国的历史大有关系,是真正意义上的美国老百姓的节日。据历史

记载:1620年11月27日,第一批英格兰移民来到今日美国的马塞诸塞州的普利茅斯开荒种地,没想到老天帮忙,来年即获大丰收。移民们普遍认为这是上帝对他们的恩赐,于是举行了庆祝活动,以表达他们的感激之情。这种来自民间的庆祝活动后来得到了美国总统华盛顿与林肯的认可与批准,再后来索性将这一天定为国定的感恩节。三百多年下来,这节日就成了美国人的传统节日了。通常,每年11月的第四个星期四就算是感恩节。这一天,和中国人过年一样,讲究合家团聚,全家老小吃一顿团圆饭。就像我国北方过年不能少了水饺,南方不能少了年糕一样,美国人过感恩节,其他都可少,火鸡是万万不可少的。

这道感恩节大餐通常是烤的,而不是烧的,而且火鸡的肚子里还要塞上各种各样好吃的东西,然后刷上油用火烤。据美国人讲,这烤火鸡内嫩外酥,味美可口。但我对这种评价一直不敢苟同,因为那火鸡高高大大,粗粗壮壮的身坯,不像很鲜嫩的样子,为了验证我的观点,我特意吃了一块烤火鸡,味道实在不咋样,肉质很粗,比之上海的小绍兴三黄鸡,味道差老鼻子了。或许东西方的口味不一样,吃惯生的蔬菜与带血牛羊肉的美国人难得吃烤得喷香脆黄的火鸡,自然胃口大开,味道好极了。

我们中国人的春节放七天假,美国人的感恩节放四天假。感恩节前,公路、铁路、飞机最挤,在外的游子纷纷利用假期赶回家与亲人团聚,那些大街就显得空空荡荡了,商店与工厂一大半以上都停了、关了。在街上转转,只有少数店铺、饭店开着,进去一看一问,十有八九是亚裔人开的,因为亚裔人注重春节,不注重感恩节。

这次去美国,正巧逢上了感恩节,倒也别有风味。

感恩节的人情味

曾不止一次听到朋友讲：西方人不像东方人那样讲人情味，这大概是事实。不过我在美国感恩节这一天见到的、听到的，却颇有人情味的。

譬如感恩节这一天，商店的货物往往打折销售，有的打到对折呢。譬如我在回国的飞机上碰到一对上海老年夫妇，他们在感恩节那天特地去超市买便宜货。像耐克鞋等名牌，平时很贵的，这天买一双打对折，买第二双再打对折的对折，买第三双几乎等于送给你了。这对上海老夫妇一下买了四双耐克鞋。据他算下来，四双鞋的总价，不到平时的两双鞋的价。

买其他东西也是如此，区别仅仅在于有的东西折打得多一些，有的东西折打得少一些而已。

感恩节这一天也是穷人与无家可归的流浪者有吃有喝的一天。在感恩节这一天，那些三餐不济的穷人与流浪者都自觉地聚集在州政府广场等热闹所在，因为这一天必有那些从事慈善事业的机构与个人会来此派发衣服与食物。只要你不觉得丢脸，谁都可以去接受那份施舍。像那些专门的流浪者收容所与某些社会团体，有不少的义工来帮忙，相当于我们国内的志愿者，或者叫学雷锋活动。

例如，有一个区的安老自助处感恩聚餐，竟有三千多老人出席。那些来做义工的，有白领也有蓝领，有男的也有女的，有白人也有黑人，当然也有亚

裔人，他们把食物、水果装箱装盒后，分送给老人。我亲眼见一个黑人在吃派发的盒饭，那盒饭相当于我们两个盒饭大小，有荤菜、素菜好几种呢。

在南湾社区，有个团体还组织了吴毓萍歌舞联谊会，不但有吃有拿，还有歌舞表演，旧金山的华人电视台还专门播放了这新闻。那些记者还采访了多位老人，老人表示感谢，感谢社会的关爱。只是不知道吴毓萍为何许人也，也许是她独家赞助吧。

电视台还专门报道了余伟立华裔两兄弟募集了 4 千多美元，买了罐头捐赠给食物银行，再由义工分派给穷人。这两位少年大概是华裔第二代或第三代，似乎已不会讲汉语了。

不知是感恩节激发了富人的同情心，还是节日的气氛使人情味散溢了出来，反正我明显感到感恩节这一天，美国人还是蛮有人情味的，至少比平时多几分人情味。

旧金山的圣诞气氛

我离开旧金山的时候．离圣诞还有三个星期时间呢，但旧金山的圣诞气氛已开始显现了。

按往年惯例，感恩节一过，就开始进入一年一度的圣诞节旺销季节，商家们早早为圣诞销售做好了一切准备。而市民们，跑在前头的，已开始采购过圣诞的礼品、食物了。

这种圣诞气氛在超市、饭店最早显现出来。譬如超市门口，或饭店门口，圣诞树树起来了，玻璃橱窗上关于圣诞的图与圣诞的祝福语喷画了上去，有些超市与饭店还布置得五彩缤纷，仿佛圣诞已提前到了。

中国人虽习惯过春节，但入乡随俗，因此唐人街上也出现了圣诞节的布置，只是没有西方人那样，郑重其事，有些商家纯粹是出于生意上的考虑，才去应景的。

在渔人码头最能强烈感受到圣诞节的临近，那儿一棵高达数米的圣诞树耸立了起来，上面挂满了一串串的灯泡，入夜，那灯火亮起来后，满树璀璨，用一句中国的成语来形容之，就是"火树银花"，在渔人码头有多家专营圣诞礼品的商店，相当于中国的专卖店，有卖圣诞树的，有卖诞老人衣服的，有买圣诞礼品的，吃的用的都有，比之其他商店，圣诞礼品专卖店更五彩耀目，人气旺盛。

在渔人码头，我们还意外地遇到了一位圣诞老人打扮的美国老人，雪白雪白的大胡子，脸化妆得红扑扑的，除了没戴圣诞老人的帽子，其他与童话书中见到的一模一样了，他正一个人倚栏观景，怡然自得。美国人大概见怪不怪，并没有人注意他，更没有人与他搭讪，我是头一回到美国，一见圣诞老人立即产生了兴趣。我对陪同我的王胜初先生说：我想和圣诞老人合个影。没想到圣诞老人一听十分乐意，我一走过去，他马上勾住了我的肩，配合极为默契。这位圣诞老人的慈祥、和善、善解人意使我们瞬间消融了语言不通的隔阂，就像多年的老朋友似的。可能是此情此景感动了我的美国朋友王胜初先生，他也让我用数码相机给他拍了一张。拍好后他把定格在显示屏的画面给那位圣诞老人看。老人一看画面如此光彩照人，立马动了凡心，他对王胜初说：你无论如何要把照片寄一张给我，还给王胜初抄了地址。

我回国后，冲出照片一看，嚯，与圣诞老人的合影还真不错。如果是小朋友，见了这样的和善可爱的圣诞老人，即使没有圣诞礼品，也一定会让他们快乐无比的。

圣诞节是个让人快乐的节日！

旧金山的卫生

可能因为我家乡太仓是一座国家级卫生城市的缘故,我一到美国旧金山,就对旧金山的卫生状况大皱眉头。在我原来的想象中,美国的城市,不管屋内屋外,应该都一尘不染,白衬衫三天不换,领子还是白的,皮鞋十天不擦还是亮的。但下了飞机才知道,旧金山的卫生状况不尽如人意,至少没有我居住的小城太仓洁净。

马路上有纸头,有烟蒂,有瓜皮,在州政府广场上,那些黑人把慈善机构派发的盒饭吃了后就随手扔在地上,不少乌鸦与叫不出名的小鸟在争相啄食着饭盒里的剩菜剩饭,很是不雅。

我在美国的那几天竟从未见过哪怕一个清洁工上街清扫马路的。后来问了美国朋友才知道。美国因人口少,并不是每天都清扫大街的。通常是一个星期扫一次,而且是机械清扫。即用专门的垃圾车清扫,这样,大马路上是扫干净了,但人行道上就扫不到了,怪不得不够清洁。

后来,我还见到了马路上的牌子,有的写明星期二 9:00—10:00 为清扫时间;有的写明星期五 7:00—9:00 为清扫时间,每条马路都不一样。到了规定的这个日子这个时间,这条马路上就不能再停车,若停车就是违章,或者被认为此车是扔掉的,可做垃圾处理。

有一天我跑到一条街上,正好那天是那条街的清扫日,我见到了七八成新的沙发，还有一只皮箱子，还有成堆成堆的衣服，以及报刊杂志，若你看得中，你可趁垃圾车没来之前捡拾，没人说你一句闲话。据说有些初到美国的难民或留学生就是采取街头捡家具捡家电的办法先过起日子来的，等立足稳了，条件改善了，再把不想要的旧货同样扔到马路上，然后自己再买新的。

知道了旧金山的清扫情况后，我对旧金山的卫生状况虽不满意，但可以理解了。若我国的城市也一个星期不清扫，那不垃圾成堆才怪呢。如此看来美国人的卫生观念、卫生习惯还是可以的。

旧金山的绿化

旧金山的建筑、交通，以及它的卫生状况等，都没达到我的期望值，或者说我原先对它寄予了太高的希望。不过，旧金山的绿化大大出乎我的意料之外，若单项打分，这一项是可得满分。

旧金山的城市有点像山城重庆，是建在丘陵地带上的，所以这个城市或高或低，道路与建筑都有起伏，这就使得绿化更加美观。

譬如我见到过的一个生活小区，一群楼房在半山腰，土坡下是一个斜上去的草地，草地上有一丛高大挺拔的椰子树，几十棵种在一起，甚是壮观。一处是靠马路较为平坦的草坪，草坪尽处是楼群，这草坪一边靠马路处，有十来棵桉树，看样子都在两三百年树龄以上，而草坪的另一头有一棵松树，那松树的特点是主干粗壮，树冠奇大无比，遮盖了半个篮球场那么大一片。

如果是生长在中国,这松树至少有千年以上,但旧金山的气候温暖,可能树种生长快些,即便如此,也该有好几百年的树龄了,看着真是赏心悦目。

美国人的私人建筑占地面积都一样,可门前的花草往往不同,我在珍·莫尔逊老太太的住宅隔壁,见到了一棵中国俗称为叶子掌的多肉类植物,在中国都是做盆花栽培的,此植物虽极少开花,但全年碧绿,倒也惹人喜爱。通常长到半米高就是巨无霸了,没想到在美国这植物当树种的,可长到一人高,占地面积可达七八个平方米,原来此树种在地下任其生长,更美不可言。

还有,美国人的住宅后面一般都有个院子,几乎家家院子里种树种花。那些高大的乔木,若在中国,通常要近百年才能长成那模样,但在旧金山,三五十年就高大挺拔,成伟岸之身躯了。

那些中产阶级的住宅区大都建在半山腰处,由于家家有树,不但空气清新,而且风景如画。还有美国人绿化不像中国人上级叫种啥就种啥,行道树更是或五米一棵或十米一株,都死死的,美国则自由多了,连行道树也或大或小,或粗或细,或高或矮,或密或疏,虽不够齐整,却极为自然。

最让我欣赏不已的是在去著名的金门大桥路上,沿路全是成片成片的树木,不,简直就是森林,那些树都几个人合抱不过来,百年、千年的都有,不是一棵两棵,也不是十株二十株,而是一大片连着一大片,比我国的有些次原始森林的林木还高大还茂密,怎不叫人怦然心动。可惜我没带摄像机,要不我一准拍下来,拍下来回国后让我的朋友们见识见识美国的绿化。

看来,美国人对生态的保护,对绿化的重视已不是一代人两代人了,这对我们来说,的确是值得学习、借鉴的。

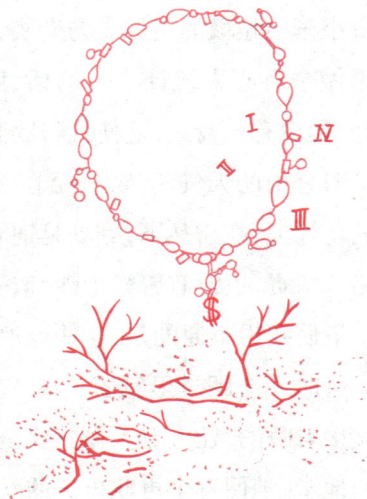

旧金山的流浪者

　　我曾不止一次听人说：没到过美国不能算出国。因此在我想象中，美国不是人间天堂，至少也是全世界最发达最繁荣的国家。到底怎样繁华我也答不上来，反正灯红酒绿，醉死梦生，有钱能使鬼推磨，只有想不到的事，没有办不到的事。我不想隐瞒，我是带着极大的期望值来到美国的。

　　但到了旧金山后，发现现实并不像我想象的那样美好。说句不恭的话，还不如上海，不如浦东，特别是在市容市貌方面。

　　且不说旧金山的高楼大厦不能与浦东相比，治安就更不能比了。

　　在旧金山的州政府大厦广场那一带，无家可归的流浪者随处可见。有推着小车捡垃圾的老妇人与老头，也有穿着破旧、肮脏、潦倒不堪的年轻人，如果做个有心人统计一下的话，黑人流浪者占五分之四以上，也有一些白人，但很少有亚裔人，这使我很欣慰。

　　旧金山的天气不错，气温在 25~30 度之间，且常常阳光灿烂，因此在广场的草坪上，在树丛下，到处是铺着地毯，或钻在睡袋里睡觉的流浪者，且没有路人指责，也没有警察干涉，似乎这广场是他们天然的住宿地。

　　最使我想不通的是，这些流浪者并不都是单身，常能见到一对儿一对儿的。有时一个睡袋里躺着一男一女两个，有时树丛下裹着地毯的竟有一男一女搂着睡的，让人看不懂。要是在中国，哪个男人沦落到了乞讨或无家可归的地步，随便哪个再贱再破的女人恐怕也不会跟他了，更不可能与之一起

睡大街。

仔细观察，这些流浪汉也有高下之分，条件好的，自带野营用的单人帐篷，屋檐下大树下一支就是家了；次一点的，睡袋就是家；再次一点的，地上铺条被子或毯子就睡了；最弱的用纸板箱围一围，就算临时之家了。

在一座高楼下，我发现有二十多个黑人聚在一起，我靠近后，发现有几个正在用打火机在锡纸下烧着，然后用鼻子嗅着嗅着，呀，这不是吸毒吗？我本能地举起了照相机，想拍一张照片。谁知被那几个黑人发现了，其中一个人高马大的黑人，嘴里发出哇哇哇的叫声，朝我冲了过来，我一看吓坏了，拔腿就跑，那一刹那我真有点恐惧，我想万一哪个吸毒的黑人用针头扎一下，那可完了，那说不定有艾滋病呢。我头也不敢回，拼命跑，逃命似的逃。我只听懂了一个发音，那就是："NO、NO、NO！"幸好那黑人追了几步没再追上来，看来，他仅仅是制止我拍照，并不想伤害我，不过我确实吓坏了，以后轻易不敢再拍那些流浪汉，回想起来，不免有些遗憾。虽然我没拍到流浪者的生活实景照片，但用我眼睛观察到的，已给我留下了太深太深的印象，我这辈子都不会忘记的。

旧金山的山王饭店

我们下榻的 Radisson 饭店就在中国驻旧金山领事馆附近。我到得较早，就一个人在附近转转。

我发现对马路有家"山王饭店"是汉字招牌,我知道这一定是中国人开的餐馆了。我对这店名发生了兴趣,如果按字面解释,可以释为"山大王饭店",不可能不可能,这山王到底什么意思呢?

后来,两位日本教授邀我去吃点中国菜,我第一次光顾了这中国人开的饭店。

进去后才知道,这是祖籍山东的王德福先生开的饭店,实际是山东王记饭店,简称"山王饭店"。原来如此!

店堂里,福禄喜寿四个大字,上下用中国结串挂着,一个大红的"福"字用镜框装着,很喜气,也很中国氛围。楼梯口挂着大蒜头与辣椒串,那山东农村风味立马渗透了出来。里外间用中国古典式屏风隔开,屏风的图案为凤凰与锦鸡等中国吉祥鸟类。墙上挂着"龙舞凤翔"书法;以及牡丹、青松图,题写着"松柏常青,富贵花开"的字样;楼上还有杭州西湖的春夏秋冬四条屏。我还看到了中国女棋手芮乃伟2002年1月26日题写的"生意兴隆"四个字,看来到这儿来用过餐的中国人一定不少。

在"海外华人文学国际学术研讨会"结束的前一天,旧金山著名的华人作家黄运基先生做东设宴,为了让我们这些中国人在异国他乡能吃到点地道的中国菜,特地选择了这家山王饭店。我是第二次踏进这饭店,这大概就是所谓的缘分了。因此我决定写一写这中国人开在旧金山的饭店。趁四桌人在楼上叙谈之机,我拿了相机与小本本,又是拍照又是记录。

看得一细,我发现这山王饭店还颇有来头呢。"大道无门"四个大字乃韩国的前总理金泳三于1987年6月6日所题,并挂有金泳三的大幅照片。"正义"两个大字乃韩国现任总统金大中1984年仲夏时所题,我注意到还有两行小字"实现民众之主人权利此是大正义也,王德福同志惠鑑"。还有一幅"祖国江山"的书法是韩国一位负责美国事务的政府官员访美时题写。墙上还有两幅照片,一帧是金大中一家合影,一帧是金大中夫人与山王饭店老板王德福的合影。还有一架挂钟,钟面上有两个人物照片,一为金正日,一为金大中。我奇怪了,这位山东餐馆老板怎么又与韩国的上层人物有如

此密切的关系？我百思不得其解。我见一位年轻的服务员会讲一口流利的汉语，就向她打听，这位来自东北的朝鲜族姑娘姓徐，来美国三年了，她告诉我：老板王德福曾在韩国开过饭店，在韩国就颇有名气，到美国开饭店后，光顾这店最多的是中国人与韩国人。所以在 2002 年 11 月 1 日，金大中特地颁发给了他一座水晶的功劳牌，表彰他在美国为韩国人服务方面做出的贡献。

我还从徐姑娘嘴里知道：王德福祖籍是山东的文登。文登我虽没去过，但我知道是黄海边上的一个以农业与渔业为主的城市。我很想与王德福拍张合影，徐姑娘很善解人意，去把老板叫了出来，还介绍说我是来自中国大陆的作家。王德福一听我是大陆的作家，马上去换了衣服来拍合影照，还给了我一张名片，因名片上只有"山王饭店、京川名菜、喜宴小酌"几个中国字，他特地在名片上毕恭毕正写下了"王德福"三个字，还再三关照：照片冲出来后要寄给我的呢。我说：一定一定，请放心！

老板王德福知道我们是来自大陆的作家后，特地给每桌赠送了一盘炒海蟹，以表心意。

古语说"血浓于水"，不管王德福在韩国开饭店也好，在美国开饭店也好，他对中国人的那种感情总是不会变的。

在旧金山乘车

在一般人头脑中，美国经济这么发达，其交通一定远比中国便捷，其实，非也！或者说，这话只说对了一半，在飞机、铁路、高速公路建设方面，美国或许比我们中国先走了一步，但就城市交通而言，至少像我这样的外国人到美国，远不如美国人到中国方便。

此话怎讲？

首先，美国的出租车远比中国少，像旧金山的出租车还不如我居住的小城太仓多呢。这大概与美国家家有私车，的士生意不咋样有关系。

美国的出租车与我国的出租车一样，车顶上有个标志，上海人谓之"扯斗"。美国的士的扯斗比中国的体积更大，可做广告呢。

美国开出租车的很少小年轻，不少是爷爷辈的、奶奶辈的，令我们这些初到美国的中国人看不懂。

美国的士的起步价为 2.5 美元，相当于我国 21 元左右，按美国人的收入，这个起步价实在不能算高，因为在美国吃碗面都要 6 个美元呢。但中国的出租车 5~10 元的起步价，可乘好几公里计价器再跳，而美国的出租车，你才坐上去一两分钟，计价器就跳了。坐一回，花十来美元是稀松平常的事。如果不乘八还可以，假如一换算人民币，你会叫声：乖乖隆的咚，八九十元钱呢。

不过美国出租司机很规矩，绝不会为了宰你，带你转圈子等，该收多少是多少，至于你要给他小费那是另外一回事。

美国的公共汽车更有趣了，旧金山的公交车竟然是有轨电车，你若第一次到美国，又没美国亲戚、美国朋友陪，想乘公共汽车，十有八九找不到站头，因为旧金山的公交车没有那种遮风避雨的站棚，只在某根电线杆上涂一块杂志大小的黄色，就算是站台的标志了。

票价是统一的，每张一美元。你若想下车，把绳子一拉，司机就会停了。我们在一位美国女孩的指点下，乘上了一辆公共汽车，下车时，那位女孩的车票掉了，被风刮到了几步路外，她竟过去把票捡了回来，开始我以为这是美国人的环保意识，后来才知道，在旧金山买公共汽车票，一张票可乘一天，这一天内，你上任何的公共汽车都可以，乘多少次都没关系，怪不得那美国

海外
见闻

女孩坚持把车票捡了回来。而我和我的同宿朋友那天坐了两回公交汽车，却傻乎乎买了两回票。

美国人与中国人的区别

美国回来，有朋友问我：美国人与中国人有何区别？

我开玩笑说：美国人以白种人与黑人为主，中国人几乎清一色为黄种人。

自然，这只是表面上的不同，至于骨子里的差异恐怕不是我浮光掠影去走一遭就能发现的。不过就我与美国人有限的接触，我已很强烈地感受到了美国人对初次见面的人，哪怕是完全陌生的人，首先是信任。把对方视为好人，视为可交之友，然后坦诚地与之接触、相处。如果在交往中，发现对方的诚信度有问题，那你就完了，美国人立即把你归入不可交之人的行列，友谊往往到此为止，很难再让他改变印象，换句话说挽回的余地很小。

而中国人的脾性正好与美国人相反，如果第一次接触，如果是一个素不相识的人，不管你是善意的微笑，还是无奈的求助，第一个反应往往是会不会是假的，会不会是骗子，自然而然地产生一种不信任感。只有通过交往，彼此熟悉了，让时间证明你是可靠的，可交的，才会建立信任，才会成为真正意义上的朋友。

不知我这看法是不是偏颇，但这确乎是中国人与美国人待人接物与交往之中的差异，这可能也就是东西方文化的差异吧。

报载，最近有城市的街头出现了"不要随便和陌生人说话"的警告语，这放在美国一定会让他们觉得很难理解，一定会问：为什么？而这为什么，恐怕不是一句话两句话说得清的。

美国式的研讨会

近十年来，我在新加坡、泰国、马来西亚、菲律宾，以及国内的上海、南京、武汉、福州等参加过十多次国际性研讨会，大致的程式已烂熟于胸。虽说各国各地区的会议内容不一，规模也有大小，但会场的布置，会议的议程大致还是相同的，出入并不太大。但这次赴美国旧金山参加伯克莱加州大学亚裔研究系主办的"海外华人文学国际学术研讨会"，算是第一次感受了美国人的研讨会风格。

我是整个会议第一个到的海外受邀者，7点多一点下的飞机。一出海关我就见到了这次会议的执行主席王灵智教授和我朋友《中外论坛》的主编王性初先生，他们来接机的。王灵智教授亲自来接机，让我颇为感动。车上，我对王灵智教授说："你不必亲自来接机的，安排会务组的学生来机场举个牌接一下就可以了。"

哪知这次研讨会根本没有会务组，一切都须王灵智教授亲自出马操办。譬如报到的第一天，光接机，他就驾车跑了五次飞机场，真是够辛苦的。王性初告诉我："他们没有资源。"这是一句意味深长的话，换句话说，美国大

学的教授是不能随意吩咐、支派学生去做什么什么的。如果在我们国内的大学,教授关照自己的学生,博导让自己带的研究生参与会务,帮忙做点事是天经地义的,不少学生还心甘情愿,可在美国却行不通。

这一来,操办这次会议的王灵智教授就算三头六臂也忙不过来了。

后来我才知道,只我们中国与日本几位特邀的作家、教授安排了接机,美国本土与其他欧美国家的应邀者都是自己从机场打的到饭店的。据说欧美国家开这类国际性研讨会都是这样的,不会因没人接机接站而大惊小怪,口出怨言。

最不可思议的是饭店大厅里既没有接待人员,连指示牌、欢迎牌都没有一块。而且你住哪家饭店,住哪个档次的房间也请自便,因为都是自费的。只有我们几个中国作家与教授享受了特殊待遇,由主办方为我们安排了房间,并且是免费的。我查了每个房间每天的住宿费是 179 美元,如果自己支付,那也够呛。

开幕式也颇让我意外,除了我们这些与会的作家、学者外,没有任何一个官方人士。要是在中国,这种国际性的研讨会,开幕式上有关方面领导会应邀到会好几个,哪怕蜻蜓点水到一到,也算表示对这个会议的重视。也只有请到了重量级的人物,才能显示出会议的高规格。但美国却不兴这一套,他们认为学术研讨会就是学术研讨会,是学者自己的事,要那些当官的来干什么,来了不是反添乱吗? 观念不同,方式也就不同。

会议开始后,我发现也没电视台、电台等新闻媒体来采访拍摄。心里觉得是不是太低调了些? 但美国朋友认为:只有明星与政治人物才喜欢在镜头前作秀,学术重要的是研讨,是出成果,而不是在媒体上反复亮相。

在中国或东南亚开国际研讨会,通常要求与会者把论文打印上百份,到时人手一份发下去。美国开研讨会却不要求打印论文,论文没写也没关系,但必须有题目与论点,即便观点不完整或者不够成熟都允许你上台发言,唯一的限制就是发言不允许超过 15 分钟,充分体现群言堂性质。

宣读论文的时间不能长,但辩论的时间却不算短,一个专题论文宣读结束，就是所谓的答辩，谁都可提出问题，再刁钻古怪的问题都可提，质疑、反驳、赞扬都可以，真正是各抒己见，畅所欲言，有些针锋相对的观点还很尖锐，辩论也很激烈，这些现象在国内研讨会上较少见到。

美国人开这种国际研讨会竟很自由，想来就来，想听就听，想走就走，没有哪个人会因此批评、指责那些退会的人。后来我知道，这次会议除了海外特邀的一些作家教授外，他们在网上发过信息，美国本土的可自由参加，所以好些人名单上根本没有的。

会议期间，基本上是吃自助餐。但有两顿是宴请，一顿16桌，一顿10桌，宴席上不断有人发言，开始我以为是祝酒词，但又觉得这祝酒词也太长了，后来懂英文的告诉我，这是宣读论文。这在中国是绝对没有的，哪有一边吃饭一边宣读论文的，不知这算不算利用时间？

整个会议因没有签到，所以也没印通信录，只有一本会议安排册，上有论文宣读安排与邀请的嘉宾名单，每个嘉宾名字下都注了个E-mail，这就是以后彼此间唯一的联系了，除非你自己交换了名片。

不过我刚回到国内，就收到了王灵智教授发来的电子邮件，感谢我应邀参加了这次会议。又告知下一届会议安排在澳大利亚，再下一届安排在丹麦的哥本哈根，希望下次再相聚云云。

接下来，他们将出版这次研讨会的论文集，他们认为这是比什么都重要的事。

总之，美国式的研讨会很简洁、务实，讲实效不讲虚排场，从中能得到很多教益。

书的误会

　　每次海内海外参加各类国际研讨会，我都要带上满满一箱子的个人集子，并且事先签好名，以备会议期间以文会友，所谓秀才人情一张纸嘛。按以往经验，我带一箱子书出去，必带一箱子书回来，这完全符合中国人的礼尚往来原则。

　　这次应邀去美国参加"海外华人文学国际研讨会"，考虑到我第一次去美国，我又是一个人单独走，怕行李超重了麻烦，所以这次我带了70本集子，比到东南亚国家开会少带了三分之一。

　　会议开幕式那天，我早早去了会场。因为按东南亚国家开国际研讨会的惯例。会议大门口的桌上会有不少当地国家作家的个人集子，全都是免费赠送的，与会者可自挑自拿，拿了他们还高兴呢，因为自己的集子有人喜欢，且流到了真正喜欢书的手里。我是书的贪婪者，每次都每样一本，一本都不肯少，拿后再寻找书的主人，找作家本人签名，从以往的经验看，我带一百本集子出去，至少会有一百多本集子带回，回赠的，自取的，两者相加肯定大于我的赠书。

　　我不算藏书大户，但也算当地的藏书之家，所以开幕式那天我要争取第一，以免去晚了，有些好书拿光了，徒留遗憾。我一到会场门口，果然见有一长溜桌子上放着一沓沓的书，我如老鼠跌在白米囤里，一下子兴奋了起来，我三步并作两步，先把《中外论坛》《美华文学》等杂志每期拿了一本，又开始拿书。那位美国人见我如此手快，朝着我说了一大通话，我没听懂她话，但理解了她的手势，我再仔细一看，出洋相了——原来这些书不是免费赠送的，而是要花钱买的，这闹了我一个大红脸，我连忙把书放下，连声说："Sorry！"我这才注意到那些书的封面上，或边上放着一张小纸条，都标着价呢，最便宜的也要 3~5 美元一本，有的要好几十美元一本，还有的用英文写着"本书只能翻阅不能带走"字样，大概出现了我这样的冒失鬼后，那中文字样的纸条也出现了。

在我们吃自助餐的餐厅里，也有一长溜桌子上放着书，这回我吸取教训，只看不拿，原来这是一家书店来此售书，也算是为会议服务吧，我注意到几乎都是英文版，但内容不少与中国有关系，有的是美籍华裔写的。

与我同宿的一位副教授见送出去的书，只有出手，没有回赠，心理有点不平衡，也看样学样标了每本 3 美元，放在了那书桌上，但不知他收到了多少美元，我可能思想太传统，总觉君子不言利，就把集子一一赠送给了与我交换过名片的海外朋友。

当然，也收到一些回赠的集子，如黄运基赠送的《黄运基选集》，王性初的散文集《蝶殇》等，但总体是送出去多，回赠的少，唯一的好处是回国时不超重，不像到东南亚国家，回国时每次都超重。

书的误会，使我对美国又有了一层认识。

手机在美国

出门在外,如果没有必要的通信工具,万一碰到点意外之事是十分麻烦的,这样的例子不知听到过多少回了。所以我这次去美国前,特地去移动公司开通国际线路的业务,并一次性充了数百元钱,算是以防万一吧。

结果移动公司的小姐说我的国际线路早开通了,怪不得 8 月我去菲律宾时收到过国内的短信息,在香港时也能正常使用。

手机开通了,我就放心了。所以一到旧金山,下了飞机后我就打开手机,想给家里报个平安,但打开后,出现的样字是"正在搜索网络",终因没有网络而只得悻悻关机。后来问了美国的朋友才知道,在美国须三频的手机才能使用,像我们通常用的双频手机到了美国就成了废物一件。

这美国人真是的,只顾自己先进,只顾自己方便,不愿让别人也方便方便。

后来我又听到了另一种说法:说美国的恐怖活动较多,有些歹徒利用手机引爆某些爆炸装置,搞得美国人防不胜防,而控制海外手机在美国本土使用,也是防范恐怖活动的措施之一。我不知这说法是杜撰的,还是有某种根据的,反正我对美国的好印象就此打了点折扣。

我没有查过手机是哪个国家的工程师发明的,不过有一点可以肯定,那就是美国先于中国出现、流行手机。在我想象中,像美国这样的超级大国,其手机的拥有量一定也是全世界头一号的。但到了美国后才发现,极少极少见美国人打手机。就拿我们参加的海外华人文学国际学术研讨会来说，最多时达160人左右，但不管是大会场还是分会场，都听不到手机的鸣叫，见不到打手机的人。偶然有一两个人在打手机，仔细一看，还是来自中国的作家或学者。

听美国朋友讲，"9·11"后，手机在美国的拥有量已大大增多了，以前还要少。不知这是否与美国的电话普及率高有关系。我为此还特地请教了几个美国朋友。他们的解释是：美国的社会公私分得一清二楚，在办公室一般不谈私事，不接私人电话，也不用单位电话打私人电话，而一旦回到了家，则不谈公事。若有公事，通常请你明天打到办公室。而用了手机，就难免公私不分。因此除非常外出的人才会买手机，一般市民买手机就没太大的必要——或许这也是一种解释吧。

在美国问路

我是 1967 届初中毕业生，英语算是读过的，在大学时也读过英语，因为不用，早还给了老师，这次一个人到美国，英语的重要性就显示了出来。

还好后来与我同宿的一位副教授懂英语，我就与他两人结伴外出。记得感恩节前一日，我俩漫无目标地走了出去。说漫无目标，即我们并没有规定自己非去金门大桥或渔人码头或者唐人街，我们只是想随便逛逛，看看美国人真实的生活状态。

开始很顺利，先来到了中国驻旧金山的领事馆门口，在国旗与国徽下拍了照片,再往前走。运道不错,竟走到了旧金山州政府的所在地。再后来,一直走到了十六街区,我俩已不辨方向,不知位置了。只好问路。在中国,我们的习惯是有事找警察,正好见到一男一女两位警察,男的是位黑人警官,女的是位白人警官。警察果然热心,只是很难听懂那位副教授的洋泾浜英语,连比带画,反复了多遍后,黑人警察似乎明白了我们要问的路,很耐心地告诉我们,可惜副教授的英语水平也只是书面阅读,口语与听力还不过关,因此双方的交流十分费劲。再说我俩都第一次到旧金山,黑人警察说的从××街过去到××街,再拐弯到××街,听起来很顺,只是这些街名我们全是陌生的,听了半天,脑子里一盆糨糊,一点概念也没有。

走了一段路后,感觉不太对,这回问了一个摆地摊的小贩。小贩很是热情,放下了自己的生意带我们到十字路口,一遍遍做手势,指方向,生怕我们听不懂,全然忘了他的地摊,他的生意。

后来我们在一位美国小姐的指点下,乘上了一辆有轨电车,到了车上我们再问。不知是语言的隔阂,还是他们确实不知道我们住的饭店,反正连问了几个人都没有得到明确答复。

这时我注意到有一位美国嬉皮士打扮的中年人放下了他正在阅读的书本,很注意地听着,我估计他是位热心人,就叫副教授去问他,果然问对了人,他说还有三站路,并说到时他会叫我们的,这下我俩就放心了。大约过了三站,他站起来下车,并叫我们跟他下车,下车后,他指着一条横马路对我们说:往前走就能到了。我走到横马路后,抬头见到了我们下榻的 14 层楼房,心里一阵欣慰。事后,我回忆车上问路的情况,突然觉得那嬉皮士式的中年人可能原本并不在那儿下车的,只是为了给我俩指路才提前下车的,这简直是一定的,太谢谢这位并不知道名字的美国朋友了。看来在美国以衣帽打扮来判断一个人,不一定可靠。

在美国问路最让我感动的是我俩去超市买电话卡,因不知在哪里,就逮着谁问谁,后来问到一位手里拎着东西的中年人,他一听我俩要去超市,很热情地告诉我们,他刚从前面的超市买东西出来,他还自告奋勇地带我们去，一直把我们领到超市门口才放心地走了，望着他拎着大包小包的身影，我俩真的很感动。

在这点上，美国人给我留下的印象是能打满分的。

好动的美国青年人

在美国仅仅几天，我就发现美国的青年人好动好冒险。譬如在大马路上，在人行道上，你常常会见到一群群的美国青年人在玩滑板游戏，这是个有一定危险性的活动，但那些美国青年却乐此不疲。

那天我在海边一块供游人休息的水泥平地上，见有十多个青年人在练滑板，那速度真是快极了，在那固定的坐椅中穿来穿去，只要稍不留神，就有可能撞得鼻青脸肿，甚至腿脚骨折，要是中国的父母见孩子玩如此危险的游戏，恐怕十个父母，九个半不会同意。

如果常规性地练练滑板，那还可以接受，最让人心惊肉跳的是这些美国青年还喜欢玩出花样来，滑一阵后，突然跳到空中，在空中转个身再落到滑板上，那滑板比两只脚大不了多少，要想重新落到滑板上，自然是有一定难度的，十次倒有九次失败，有时摔得好厉害，但那些年轻人并不在乎，如果有一次成功，就会大声欢呼起来。那儿还有几级石阶，有一高出地面的水泥平台，有几位更冒险的，反复向那石阶与平台发起挑战，腾空跃上石阶与平台，我称之为危险动作。玩这个的，有白人青年，也有黑人青年。

除了滑板,还时不时能见到一个或几个骑跑车的美国人,郊区就更多些,一骑就是几十公里,上百公里,多数还不是为了做交通工具,而是为了减肥,或锻炼。

在著名的金门大桥下,那一浪又一浪的潮水给人千军万马之感觉,在那风口浪尖,有多位玩冲浪运动的,站在浪口,随浪头上下,随浪头冲向前方,那浪头有时很急很快,让人感到惊心动魄,但那些美国青年人玩得潇潇洒洒,玩得疯疯癫癫,似乎其乐无穷的样子。

这些活动,在中国都不易开展,至少参与的孩子与青年不会太多,不光是父母不允许,就是孩子与青年人本身,也会考虑考虑再参加,毕竟都是大运动量的活动,都是有一定危险性的活动,不比打乒乓、打篮球、打网球。

我在想为什么美国的孩子与青年人如此好动,如此有冒险精神,这可能与他们的食物结构有关。美国人好吃肉类,吃高脂肪高蛋白的食品,发热量大,他们需要大运动量的消耗。而中国人以谷类食物为主,因此性格相对平和些。由此我联想到,在奥运会上,那些力量型、拼体力拼耐力的运动,往往是黑人或欧美人成绩领先。看来,食物结构在一定程度上会影响人的体质、性格、爱好,等等。

美国菜肴与中国胃

记得儿时,去我上海外婆家,会经过红房子西菜馆。那年月,西菜馆是何等高档的餐饮场所啊，我等口袋瘪瘪的小民连走进去的勇气也没有。后来工作了，大大小小的饭店也进了不少，但吃西餐依然被认为是一种高档享受，称之为开洋荤。

这次我到美国，因为是美国主流社会接待，故而顿顿西点西餐，让我一次过足西餐瘾。老实说，第一顿味道还蛮不错，第一天第二天也还可忍受，到第三天仍吃西餐，我已有些不舒服了，第四天开始难受了，第五天则有了受罪受罚的感觉了。这以后，我只要一看到西餐就胃口全无，食欲顿减，甚至开始反胃，再好再香再贵的西方大餐我都吃不下去了。如果让我再这样天天吃西餐，我非吃出病来不可，我向西餐投降。

我真佩服美国人，几乎所有的蔬菜都是生吃的。包菜是生的，菠菜是生的，花菜是生的，芥蓝菜是生的，连洋葱与蘑菇也是生吃的。那洋葱熟的我都吃不大下，更何况生的。至于吃生蘑菇，我平生还是第一次呢。我能生吃的蔬菜只有胡萝卜与西红柿。

看来欧美人的胃与我的中国人的胃是大有区别的，他们吃牛排、猪排，都三分熟而已，说得难听些，血淋淋的，叫我如何咽得下。

美国人与中国人在食这个问题上确实存在着较大的差异，譬如中国人吃讲究色、香、味，甚至食不厌精，脍不厌细。而欧美人则注重食物的营养成分，怕煮熟了破坏食品的营养结构，因此烧菜很少起油锅，做美国主妇倒也简单，只需把超市买回的蔬菜切切碎，放到盘子里即可，如嫌味道太淡，倒点调料就算美味了。美国人还似乎与盐与糖有仇，多数菜肴都不放盐或很少放盐，至于糖，有一种极端的说法谓之"吃糖等于吃砒霜"，故而美国人往往喝清咖啡，而我喝之，只感觉苦啊。

美国人吃蔬菜是清淡到底，无油无盐无糖无味精，但吃肉类食物方面又胃口大开，又喜烤，又喜熏，且食量大得惊人。不知是不是味道好极了，故多多益善。有两次是宴请，一次晚宴是16桌，分食制的，一人一盘，要上好几道呢，每次上来，那盘子大得吓人，我这中国胃，就算喜欢吃，也绝对装不下。例如，有一道鱼，一片片切了叠好的，三分熟，上面浇些奶油，这种吃法完全

是西式的，我只吃了一片就再无胃口，看着被端下去，觉得很对不起东道主，但要叫我吃掉，那比吃药还难。其中有一道巧克力布丁味道倒不错，可惜上得太晚，我那小容量的中国胃早撑足了。吃罢西餐，按我们中国人习惯，来杯热茶多好，可大概美国人高脂肪高蛋白的吃得太多，不管是上饮料上红酒，那冰块是必放不可的，这对我们中国胃又是个极严峻的考验。一冷一热，不，一热一冰，受得了吗？

还有，美国很少有热水供应，连飞机场也只冷水龙头，像风景点都设有冷水龙头，只要按住按钮，那水就喷出来了，嘴凑上去就可喝了，好在美国的水很干净，但中国人不习惯，还是可能拉肚子的。

在美国吃西餐吃怕了，十分怀念家乡的饭菜，如果在美国能吃到白粥、白馍、酱瓜腐乳、青菜萝卜，那简直是无上的美味了。

记得以前听人说中国人太掉价，到美国带一旅行包方便面与几十包榨菜。现在才知道，这才叫手中有粮，心中不慌呢。我亲眼目睹有几位来自大陆的博导、教授皱着眉头艰难下咽那些生菜与带血牛排的窘态。我还听说有位大陆名牌大学的校长，向他的美国学生讨了一包方便面，竟支撑了一天，面对营养价值十分丰富的西餐就是没法吊起食欲。

写到这里，我又想起了多年前读到的一篇文章，写湖南作协主席谭谈到欧美国家访问，他带了一大罐自炒的辣椒酱，以备下饭用的，谁知宾馆服务员看看黑乎乎脏不拉唧的，就扔了，这辣椒酱在国内都是谭谈下饭必备的，到了海外，没了辣椒酱，他再也无法对付那一顿顿的西餐，只能早早打道回府。以前，我还半信半疑，现在我信了，完全信了。

中国人的胃啊，并不是十天八天，一年半载就能被改造被同化被洋化的。我特意问过那些已到美国多年的新移民，他们也至今不很习惯西餐，还是认为中国菜好吃。

我很佩服那些中国留学生与"洋插队"的，竟能忍受西餐的折磨，但听说不少中国人是自己开伙自己烧的，这样既便宜又可口。

我这辈子是难以习惯西餐了，因为我有一个顽固的保守的纯粹的中国胃。

在旧金山遇严歌苓

那天晚宴共四桌，一律黑头发黑眼睛，是从世界各地或美国各地赶旧金山来参加"世界华文文学国际研讨会"的。

举杯前，来了一男一女两位我不认识的人，看两人神态，是一对儿无疑，女的清秀脱俗，那种典雅令人想起旧时江南的大家闺秀，那位男的身材魁梧，帅得很。

一个纯中国人的宴会，突然来了位老外，原本可能会有些尴尬的，但我发现他一落座后，那一桌气氛就此热闹了起来，有几位还拉着他们夫妇俩合影呢。

我突然想起华人女作家严歌苓嫁给一个叫劳伦斯·沃克的美国人，会不会是她？对，一定是她了，我曾见过她的照片，不说不像，越看越像。

我边上一位文友想过去与严歌苓合个影，拉我同去。我说："吃饭时把人家当道具，硬拉她合影，是不是有点不礼貌，算了吧。"

第二天吃早茶时，吃到一半，严歌苓夫妇来了，凑巧她正好坐在我边上。我告诉她：上个月我刚去过安徽的马鞍山，碰到了你哥哥严歌平，就这样我们很自然地聊了起来。我给了她一张名片，她说没有名片，就撕了张纸手写了起来，还留了E-mail。我想，这手写的地址肯定比印刷的名片要珍贵得多。

等她吃罢，我提出合影一张，她欣然同意，没想到这头一开，严歌苓就此变成道具了,一个接一个地与她合影,这大概既是出名的快乐,又是出名的烦恼。

在最后一场论文交流会上,主题是谈网络文学。严歌苓谈了网络对她的影响,谈了电脑创作的便捷与麻烦。看来,严歌苓的口才远不如她的笔,但她说得很真诚。譬如她说她有许多美国的词汇不懂,或在电脑操作时卡壳了,她马上打电话给她的美国夫君。而据她的美国夫君说:她的词汇量甚至比他还多,常常考住了他。

据说她天生是个写作的料,一坐到电脑桌前,她的灵感就源源不断来了,刹也刹不住。

严歌苓是写长篇小说的,我是写微篇小说的,我们创作时的状态或许有所不同,但对文学的痴迷、对文学的快感却有相通之处。

在珍·莫尔逊老太太家做客

我的美国朋友、《美华文学》副主编、《中外论坛》总编王性初先生一听说我准备提前回国,很是为我遗憾。他提出最后一晚住到他太太的美国干妈家里,去实地了解、体验一下美国中产阶级的生活。这个建议太具诱惑力了,我顾不得麻烦不麻烦人家,欣然答应了下来。

王性初太太的美国干妈叫珍·莫尔逊,是原旧金山电视台的播音员,她的丈夫是前旧金山议会的议长,相当于我国一个大城市的市人大主任。不过议长已在前几年病故了。由于莫尔逊属于丁克家庭，现珍·莫尔逊老太太一个人独居着。

在我想象中，旧金山的议会议长，一个不算小的官，他的家一定是让我辈叹为观止的豪宅，一定又大又宽敞，装潢得富丽堂皇。出乎我意外的是珍·莫尔逊老太太的住宅和美国普通的市民的住宅并没有丝毫的不同。房子在一条闹中取静的街道上，这儿的住宅一律为沿街的街面房，除了住宅，没有商店。美国人的平等意识很强烈，不管你有钱还是有权，这条街上所有的住宅都同样的占地面积，同样为二层楼，只是房子的式样不同，油漆颜色不一样而已。

珍·莫尔逊的房子与邻居的没什么明显的区别，所不同的她的房子外墙用原木壁成一方块一小方块钉成鱼鳞状，且不上油不刷漆，以求回归自然的效果。

进门时我发现这幢房子为 44 号，这个号码在中国恐怕一般小百姓都不大肯要，不知这是东西方文化上的差异，还是珍·莫尔逊的民主意识？

来开门的是一位慈眉善目的老太太，她一头白发，却精神抖擞，哪像个83 岁的老人啊。

老太太对我们的来到十二分欢迎，开心得像个孩子似的。

进得门，但见客厅的那张硕大的餐桌上堆了一大堆尚未发出的信，桌上还放着整版整版的邮票等，看来老太太还挺忙的呢。

王性初先生告诉我：珍·莫尔逊退休后，一直在为社区的慈善事业与环保工作而奔走。她写这么多信就是四处募善款，募到善款后，她就去超市买各种吃的，回来煮好后，配好后在每个周末开车去流浪者收容所发放食物，以及御寒衣服等，有时还上街头去给无家可归的流浪者派发衣食。对此，她像每日的功课一样，乐此不疲。可以说，这些慈善事业已成了她生活的一部分。她觉得这样活得很充实，很踏实，她相信《圣经》上说的那句话："予人比接受的人更有福。"

珍·莫尔逊虽然没有自己的孩子，可她的生活一点不孤单，一点不寂寞。

海外
见闻

她有太多太多的事要做。她把她的爱心给了许许多多需要帮助的人,她的孩子也就很多很多。

珍·莫尔逊老太太对生活的要求很低,她家里的摆设,实在还不如目前中国的普通白领家庭呢。唯一让人眼前一亮的是那书房里一架一架的藏书,我粗粗数了数,有两千多本藏书,且多数是精装本。其他如冰箱、彩电等都陈旧了。老人挺喜欢中国的,已去过中国的上海、苏州、北京、广州、桂林、南京等不少城市,家里有不少中国制造的东西,如几把硬木椅是中国产的,餐桌上的垫片是中国故宫的图案,还有十二生肖挂件、雨花石等富有中国特色中国情趣的小玩艺儿。

虽然语言有些隔阂,但老人饶有兴趣地把她在中国拍的照片让我们欣赏,有云南拍的,有广西拍的,有江苏拍的,有穿中国明代服装拍的,有穿中国少数民族服饰拍的,翻看这些照片,一定引起了老人美好的回忆,她的脸上漾着甜蜜的笑意。

我还注意到客厅的墙上有一帧珍·莫尔逊老太太与美国曾任总统的肯尼迪拍的黑白照片,老太太见我对这张照片感兴趣,索性取了下来,在照片背后题写了:"和前总统肯尼迪合影于旧金山摄于 1960 年,珍·莫尔逊。"

从照片看,珍·莫尔逊年轻时很光彩照人呢,她一定是个出众而敬业的记者。

老太太虽健身健饭,但到底 83 岁的老人了,我们不敢打扰她太久,就早早道声晚安,谁知她说她还要工作一个多小时才会上楼睡觉,原来她还要继续写信募款。

她问我们明天早上想吃什么?

我脱口说道:"粥。"说后我有些懊悔了,因为熬粥要一早起来,不像她们美国人喝牛奶吃面包冰箱里一拿就可以了。但老太太马上说:"没关系,我会烧粥的。"

第二天早上我是 7:00 下楼的,这时老太太已把粥烧好了,也不知她什么时候起床的。让一个美国 83 岁的老太太为自己烧粥,我真的很感动,多好的老人啊。

感动之余，我提出和老太太再合影一张，当时老太太还穿着睡衣，她执意要去换了衣服再照，以示郑重其事。

临走时，老太太还执意把两盒巧克力送给我，她说她已很少吃巧克力了，让我尝尝正宗的美国巧克力。我无以为赠，就把我的两本集子签了名给老太太留个纪念，也算是我的一份心意吧。开始我担心老太太看不懂中文字，会不屑一顾，没想到老太太很看重这份礼轻情意重的礼物，还把书放在胸前拍了照呢。

第二天9点，我要去机场回国，而珍·莫尔逊老太9:30要去参加两位新当选议员的宣誓仪式，我们依依惜别，老太太在门口频频向我们挥手道别。

再见了，珍·莫尔逊老太太！

我会常常想起你的，想起你的和蔼可亲；想起你对中国的友好感情；想起你的人道主义精神，想起你的无私博爱，不知老之将至的心态……

艰难的签证

接到欧洲华文作家协会第 8 届年会的电子版邀请信是 3 月 25 日，会议定在 5 月 22 日至 25 日，如果办因公护照肯定来不及了，而办因私护照，加签证，有两个月时间，应该没有问题。

我有因私护照，而且是去过美国的因私护照，通常美国不拒签，到其他各国的签证都不会有什么问题。但不巧的是，我的因私护照刚好过了五年期限，我想那就去公安部门续一下吧。去了才知道，现在的因私护照改为十年期的了，改就改吧，换新护照也就半个月，误不了事。

欧洲华文作家协会这次是第一次邀请大陆的作家参加他们的年会，为了让大陆作家顺利到达，又委托奥地利的奥中文化交流协会会长常恺先生来具体负责。常恺先生是欧洲华文作家协会的会员，其经营的多瑙传媒有旅游一块，可说是熟门熟路。根据他以往的经验，他预计签证可能不那么顺利，为了保险起见，他又设法请维也纳市长办公室外室主任玛格丽塔·葛丽斯勒 – 海尔曼博士在 4 月 17 日发了邀请信。

有了这些，我就向单位请假，预订了飞机票。我知道，没有飞机票的出票单是无法签证的。但光有飞机票也不行，还得有户口本、身份证、照片、工作单位的在职证明、本人银行存款证明等，这些都不复杂，关键是还要外文的邀请信原件，得有邀请人亲笔签名，以及担保函、境外保险函、酒店住宿订

单证明、会议行程安排等，以保证自己是守法公民，是有经济能力的，不会非法滞留，不会参与犯罪。等到了他们国家，万一出了意外事故，因有保险，不会产生太多的麻烦，太大的后遗症。然而，左等右等，等收到奥地利寄来的所有相关资料，已只剩下半个月不到了，幸好奥地利在上海有领事馆，不必再去北京了。领事馆双休日不办公，我星期一早上 7:00 的班车去上海，心想 2 个小时到领事馆应该绰绰有余，谁知修路，不断遭遇堵车，等打的到奥地利驻上海领事馆门前，已 9:30 了，好在同去的两位上海的编辑已先到在排队了。排队签证的人还不少，而每天能领到号的是有规定的，我们还算走运的，拿到 18、19、20 号，是这天的最后三个，上面注明 10:30 可以进去。我们就在领事馆边上的咖啡馆静候。

等了一小时后进去才发现那小小的签证室里人满为患，我们三人只能在仄逼的空间站立着，连坐的地方也没有。可能因为地方实在太小，站立的等待仿佛使时间凝住了，干等是难熬的，我就注意起了其他的签证人与签证官的工作状况。我发现几乎没有顺顺利利的，不是这不符合要求，就是那缺了什么，不断有人出去补充材料，故而进展甚缓，眼看快排到了，去补充材料的又赶来了，我们又得等。

我观察的结果，来签证的主要两类人，一是年轻的学生，去留学的；二是去奥地利探亲的父母，应该是早几年出去的学生的家长，或去带孩子，或把已到上学年龄的孙子孙女送出去，且有多位是外省市的。有位来自安徽的老人，大字不识几个，一个人带了小孙子来办签证，真的是难为他了，因为文化水平有限，哪里填得了那些外文的表格。那位胖胖的中国籍女签证官，可能每天面对这些不熟悉签证流程与规矩的外乡人，不耐烦心绪油然而生，或者自认为高人一等，时不时会用训斥的口气，指责窗外苦等的签证者。我亲眼目睹那位可怜的老者被比他女儿年纪还小的女签证官大声数落，老人只能唯唯诺诺。

还有一个长得挺漂亮的女青年，不知缺了什么，去补来后，还是不合要求，那女签证官用蔑视的口吻连说两遍："脑子坏脱了啊！"

直等到 11:45 才轮到我们这最后三个,那女签证官一看我们的表格用中文填的,又用嘲弄的语气说:"还出过国的呢,连这点都不知道,重填重填。"我们连忙像小学生样地询问还有哪些不对。她告知:单位证明、户口本内容都得翻译成英文。虽然我们三人中有懂英文的,但翻译总要些时间吧,看来上午是办不成了。领事馆下午又不办,唯有明天再来。她们两个上海的还还说,我从江苏过来的,要么住夜,要么明天再来,真是不方便。

我在想,在我们干等的一个多小时里,假如领事馆有个人事先把签证材料过一下目,有啥遗漏或不合要求的及时指出,那补救还来得及,等排队排到才知道有问题,他们下班时间快到了,一天时间就这样耽误了。

当然,他们可以说:你为什么事先不打听打听清楚? 怪谁,怪你自己! 这话不能说没有道理,但假如能更人性化点,不更好吗?

第二天材料送了进去,说是十天后拿签证。我算了一下日期,因双休日耽误 2 天,加之返工又浪费一天,再十天,不正是我们上飞机的日子吗? 这太悬乎了。记得我 2002 年去美国时签证,预约的,要么当场拒签,凡能够上午递进材料的,下午就拿签证。相比较而言,美国的大使馆、领事馆还算是人性化的。

到了第 8 天,实在忍不住了,打电话到领事馆,谁知接电话的例行公事地说:十天到了吗? 请到第十天再来。

我们是 22 日上午 10 点多的飞机,领事馆要 9 点上班,如果不提前一天拿到签证,无论如何来不及,真是急人。我们赔着小心问:"能否帮忙查一下,签出了没有?"对方很傲慢地回答:我们没有义务为你查找。

还能有什么话好说呢。

我只好发电子邮件给维也纳的朋友,请他们联系疏通。回音很快来了,说:按以往经验,往往会在最后的时刻签出。

到了 21 日,我放心不下,请上海的一位女同胞再辛苦跑一趟。她怕冷脸,有些不敢去。在我的催促下,她抱着试试看的心理去了。到 11 点,电话来了,出奇地顺利,竟不费点滴周折,签证拿到了。谢天谢地,一颗悬着的心总算放了下来。

我们同去的共有五位，还有一对夫妇是《人民文学》的赵智，他们在北京签证，比我们先去签证四五天，也迟迟未签出。我们拿到签证后，我在第一时间打电话告知北京的朋友，并询问他们的进展，竟没有我们运道好，真为他们担心。21号晚我又联系了赵智，依然没有签出，他们拿到签证的可能性越来越小了，但他们是下午2点多的飞机，如果上午签出，还是有可能成行的，只是实在太悬了。

22日我到上海浦东机场后，发短信给赵智，没有回音，上飞机前我打他手机，赵智告知：刚拿到！马上准备回家取行李，直奔机场。我与我同行的长舒一口气。没想到他们的签证如此繁难，远比我们受心理折磨。

我从1994年第一次出国到现在，15年间，去了十几个国家与地区，多数办的因公护照，签证事由外事办负责，后来用因私护照后，是托北京的朋友办的，只有去美国那次是我自己去上海领事馆办签证的，可能那次太顺的缘故，也就把签证看得简单了。这次的签证一波三折，也算是一种经历吧。

在法国巴黎机场转机

法国的巴黎是个令人神往的欧洲城市，尤其对文化人的魅力，可说是挡不住的诱惑。可惜我们只是在巴黎转机，且只有2个小时，最多在机场内转一下。

我们在上海浦东机场是 10：50 起飞的，到巴黎戴高乐机场是 17：15，因为有时差，到底飞了几个小时已糊里糊涂，估计有十来个钟头吧，反正我小睡了一觉，精神挺好的。

在巴黎戴高乐机场转机，有三点感受特别深。

第一，这机场真大，我们一会儿乘电梯上，一会儿乘电梯下，从这个区域到那个区域，好像永远走不到头，如果不懂英语、法语，我怀疑要迷路的。

第二，法国人的浪漫真可谓名不虚传。以前也听说过法国人生性浪漫，毕竟没有真正见识过，这次在戴高乐机场转机这一点点时间里，就亲眼目睹了好几对男女旁若无人地相拥相抱，与情感奔放的热吻。中国有句老话"黯然销魂者，唯别而已"，因此，在送别时，抱一下，吻一下，乃感情使然，很好理解。但我还看到有些男女是双双外出，他们照样抱着不放，亲个不停。我在飞机上，瞧见一对在机舱里还不忘拥抱亲吻，我算是见识了法国人骨子里的浪漫。也许在他们看来这是正常而又正常、自然而然的事，在东方人眼里就有点秀爱情的味道了，不过内心里可能多少有点羡慕他们呢，当然，不以为然，或看不大惯的老夫子也是有的。

第三，也是我印象最深最难忘的，竟是戴高乐机场的装潢。说出来也许让你难以相信，戴高乐机场相当地方竟属于无装饰，类似毛坯房，那巨大的水泥立柱，大片大片的楼板，都既不贴面，也不刷油彩，更不吊顶，可以看出水泥浇制后，拆掉木板，稍稍加工就用了——环保、节省建筑成本，节省维修成本，工程质量一目了然，也有利安全。当然，他们的水泥浇制质量是过硬的，内在质量我不是透视眼，但仅从外观看，光滑、平整，没有发现裸露的碎石子，或气泡等质量隐患问题。

在不少中国人传统的思维里，法国也算老牌帝国主义，资深资本主义，必是讲究身份，注重面子的。机场可算国家的门面，每天人来客往数以万计，竟然没有华丽亮相，而是带有素面朝天的成分，这太出乎我的意料之外了。

是让我们大跌眼镜呢，还是深受教育？我想是后者，至少我被深深地震动了，知道了西方国家的另一面。联想到我们国内的某些大型工程，滥用纳

税人的钱，极尽奢华，大甩派头，就连中石化办公楼的吊灯也要 1200 万一盏，唯有感慨万千的份了。

在戴高乐机场丢行李

我是个经常出门的人，但我几乎不让老婆准备行李，如果她给我准备，至少要多带三分之一的东西。出门多了，该带多少行李我心里一本账。出门前，我会打印一份所带行李清单，要带的一一写上，出门前一天按行李清单一样一样准备，必带的一样不能少，可带可不带的尽量不带，以减轻旅途麻烦。但事实上，我每次出国行李都超重，原因是带了书。常言道"秀才人情一张纸"，我出国几乎百分之百是文学活动，不带几本自己的集子以文会友，还能带什么？好在这次欧洲华文作家协会会长俞力工事先关照：每样带 20 本就够了，因为与会者大都是夫妻作家。考虑到这次要在法国巴黎转机，我这次只带了一个拉杆旅行箱，以免行李托运的麻烦。

我曾听多位朋友说起过：巴黎机场常常会丢行李。我有位文友，从欧洲回来，在巴黎转机，结果人到了上海，行李未到，过了近一个月才拿到，赔了他一百美金。我要引以为戒。

等同行的两位女同胞到后，发现她俩的包根本不可能随身带上飞机，原来她们光衣服、化妆品之类就好大一包。她们托运，总归要去取行李的，我再随身带有点犯不着了，于是也托运了，等行李进去了，才想起照相机在旅行包里,但为时已晚,算了算了,反正飞机上也不拍什么照。

机场托运处的对我们说,行李直接到维也纳,无须我们再操什么心了。

22:15 我们到达维也纳飞机场,也没有出海关这一说。我们径直去取行李处,可所有的行李都拿走了,没有我们的行李,还有好几位与我们同样遭遇,是行李转机没有转上呢,还是丢了? 赶快去交涉,飞架场的工作人员听了我们的投诉后,每人发了一个小包,说临时应急使用,并记了我们下榻的酒店与房间号,说只要一到,马上免费送过来。机场如此态度,我们还能说什么呢。

会议为我们预定的 Hotel NH 酒店在飞机场出口处对面,只隔一条马路,最多 20 米。与会的作家朋友知道我们行李没有拿到,七嘴八舌告知:说戴高乐机场经常丢行李,至于转机行李晚到那更是家常便饭,据他们的经验,估计第二天下午能送到。

到房间后,打开那小包,里面有牙刷牙膏、剃须刀、沐浴露、小肥皂、毛巾、短裤、T恤等,考虑还算周到,至少暂时不用发愁了。

第二天上午是欧洲华文作家协会第 8 届年会,我是大会指定要代表世界华文微型小说研究会致辞的,可我的发言稿放在了包里,好在发言的内容都在我脑子里,我也不怯场,即兴说了一通,只是不像拿着发言稿那样有条理吧。

最大的遗憾是照相机不在身边,有些本来应该拍的镜头没有拍下来,幸好同去的给我拍了几张,毕竟少拍了好多。

下午,欧洲华文作家协会会员继续开会,我们几个特邀嘉宾在维也纳文友陪同下,去了美泉宫等,景色极美,可惜我没有相机,留下许多遗憾。

晚上回酒店,一到我们马上去总服务台询问,并去行李房看了,没有,依然没有。我们的心有点凉了,虽说没有什么值钱的东西,但换洗衣服都在里面,那几十本送文友的书都在里面,万幸的是护照与欧元都在身上。一脸沮丧地回到房间,谁知行李已到了房间,看到失而复得的行李,就像自己丢失的孩子突然找到,情不自禁地说了声:谢天谢地!

写到这里,我想说:出国的朋友,如果转机,行李能不托运的尽量不要托运,实在要托运,护照、信用卡、美元、欧元,以及重要资料、贵重物品千万带身上,照相机嘛随身带为好,随身带还可以随时拍。

年会的感慨

欧洲华文作家协会属纯民间组织,与中国国内的作家协会不能同日而语。他们的活动经费全靠自掏腰包或寻找赞助。所以他们的会议不可能讲排场,摆阔气,也不像中国国内一定要请若干官员坐主席台,以示会议的规格、级别、档次。

欧洲华文作家协会的第 8 届年会是在一家名为永福楼的中餐饭店里召开的,因为会议有 40 多人在这儿吃饭,老板就提供了开场的场所。所谓会场,与中国国内那些大酒店、大宾馆、大饭店宽敞、豪华的会议厅、会议室不能相提并论。

如果没有"欧洲华文作家协会第 8 届年会"的会标,那与沙龙活动差不多。无所谓主席台,无所谓发言席,也没有席卡,也没有鲜花,除了会长与主持会议的副会长,其他人都自由结合,随意而坐。

会长俞力工致开幕词;接着由法国的世界诗人大会主席杨允达博士致辞;再由我代表世界华文微型小说研究会致辞;再由美国的著名女作家施叔清致辞;《小说界》常务副主编谢锦致辞,这五位会议议程上有安排的致辞者,按规定每人可说 15 分钟。接下来的会员自由发言,主要向大会通报自己的创作情况,与介绍自己的新书,每人 5 分钟为限,以保证每位会员都有发言的机会,杜绝一言堂。

欧洲华文作家协会发展了若干新会员,会议给每位新会员几分钟时间做自我介绍,从新会员不无感激的话语中可以知道这个协会像一个家一样,让这些离乡背井的异乡客,找到了某种精神的归宿与慰藉。

在会场的桌子上堆放着《欧洲华文作家文选》与《在欧洲天空下——旅欧华文作家文选》等,我以为是会议的赠送品,哪知是要付钱的,每本 10 欧元,相当于 100 元人民币。我注意到有多位会员掏钱买了,有的还不止买了一套,说带回去送朋友。

会长俞力工说凡这次会议的特邀嘉宾,每人赠送一套,以做留念。

中午是自助餐,荤素搭配,有菜有汤,米饭点心兼具,各取所需,保证吃饱,不会浪费。

下午是游览美泉宫,再前往维也纳森林观光。

第二天下午会员大会,选举新一届领导班子。据说还有会务报告、财务报告、新会员审核等。我们几位非会员特邀嘉宾则在专人的陪同下参观了太子宫,并到多瑙河畔参加了华人组织的迎端午节活动。

到吃晚饭时,有人告知:新领导班子产生了,奥地利的俞力工众望所归,连任会长,瑞士的朱文辉、捷克的李永华连任副会长,比利时的郭凤西连任秘书长,新当选的副会长有德国的谢友,副秘书长有荷兰的丘彦明与德国的麦胜梅,理事有法国的杨允达、德国的黄雨欣、西班牙的莫索尔、英国的林奇梅、意大利的霍学刚、俄罗斯的白嗣宏、匈牙利的李震。

吃晚饭的时候,宣布了新理事会的决定:如加强与中国作家的联系、交流;编辑一本《欧洲华文微型小说选》;下一届年会暂定放希腊或俄罗斯召开。

给我的感觉,整个会议紧凑、节俭、平等、自主、务实、透明,没有花架子,没有虚排场,整个气氛真的可用得着团结、和谐,顺利、圆满八个字。

在维也纳的葡萄园晚餐

　　俞力工给了我们一个惊喜，晚餐带我们到了维也纳市郊葡萄酒产区一个叫"福尔佳舍琥珀酒庄"（Fuhrgassl-Huber）的用餐处，门面不大，也看不出有什么特别之处，进了门才知道这是一个半露天的酒吧。刚进门有几间酒吧间，再往里就是露天的了。此酒吧建在山脚下，最高处或者说最远处是阿尔卑斯山，雄浑、肃穆，山顶终年积雪覆盖。酒吧拾级而上，长条木桌散放在一级一级的空地上，完全是因地制宜，或横放，或竖摆，或一桌独处大树下，或数桌掩在花丛边，我们人多，干脆到了最后边，也是最高处，再后面就是大片大片的葡萄园，一直延伸到山腰。维也纳是奥地利种植葡萄的四个联邦州之一，葡萄园占面积的 1.7%。虽然比起 16.6% 的森林覆盖率，与15.8% 的农业用地少了些，但其面积已相当可观了。这儿属于维也纳森林的边缘，绵延起伏的小山坡上随处可见生机勃勃、郁郁葱葱的葡萄园，让人心旷神怡。

　　因为我们占了酒吧的最高处，往后可远眺阿尔卑斯山，往下可观赏维也纳乡村的景色，实在是个不错的位置。

　　据说俞力工为了找一个有特色的用餐地方，已来探访摸底过了，再三比较，选择了这家。俞力工告诉我们，每年的 5 月份是新葡萄酒刚酿好，将要下窖的前夕，在这一小段时间内，正好可以喝到尚未下窖的新葡萄酒，那味道那口感与陈年葡萄酒不一样。如果不是在产葡萄酒的地区，一般是很难喝到这种新葡萄酒的。我不会喝酒，肯定喝不出细微的区别，要辜负美酒了，抱歉抱歉！但我对这样的环境，这样的氛围一百个满意，不用说，今晚定是个诗意、浪漫、难忘的夜晚。

我们去的时候是近黄昏的光景，虽不能说座无虚席，至少八九成吧。这儿是郊野，又非旅游点，因此除了我们这一拨华人，几乎清一色欧洲人。我特意一个人四处看了看，数了数木桌，竟能同时容纳800多人。我留意了落座的顾客，有情侣，有老夫老妻，有一家几口的，有朋友聚会的，还特多上了年纪的，放单独酌的有，一拨一群开怀畅饮的有，或静静坐着，慢慢品着，或相对而坐，互敬同喝，或举杯之意不在酒，只在销魂那一刻，或无所谓酒，无所谓菜，纯粹是来消磨时间，享受生活的，欧洲人的悠闲由此可见一斑。我想这大概就是欧洲人提倡的所谓慢生活吧。

不知是我们人来得太多，服务员不够，还是传统如此，俞力工叫了几个手脚利索的男作家去端菜拿面包。面包黑黑的，粗粗的，硬硬的，不过吃口还挺好的，挺有嚼劲的。菜有烤牛排、烤猪排，烤香肠，有色拉，我原本饭量不大，也就浅尝辄止，每样尝个味就可以了。我喜欢看那些维也纳大嫂穿着民族服装，手托盘子一桌桌送酒的场景。一个盘子通常要放好几个盛酒的瓶子，那瓶子造型很特别，三角形的，底部大，口子小，不过放在托盘里相当稳，但装满酒后分量不轻，托着盘子，拾级而上，还要托得稳稳当当，不是个轻松活，没有专门训练，难保不打碎几个酒瓶。

太阳快要落山了，晚霞漫上来了，晚风送来了凉意，光线渐渐柔和了起来，一只又一只鸟儿扑棱着翅膀飞回巢里，在晚霞的夕照里画出人与自然和谐的图景，这样的恬静，这样的生动，在我已是一种久违的感觉，只存在于儿时的记忆之中。

真正令人陶醉的是手风琴声音响起的时候。只见两位维也纳艺人来到了我们身边，他们见是黑眼睛黑头发的，知道来了中国老外，很兴奋地说了句：China！一位拉起了手风琴，一位拉起了小提琴，懂行的说，他们所拉的

乐曲有 *Beatles*(披头士)、*Yesterday*(昨天)等,我们中间有三位来自俄罗斯,那位艺人知道后拉起了《喀秋莎》,这我听出来了,后来竟拉起了《茉莉花》,凡中国人几乎无不熟悉这旋律呀,在座所有中国人的情绪都被调动了起来,有几位干脆离席舞了起来,不会跳舞的,或用手拍着节拍,或用手敲打着桌子,还有的人哼了起来,唱了起来,一时忘了时间,忘了年龄,忘了在异国他乡,真是美妙无比,其乐融融。

也许是给了比当地人更多的小费,也许艺人也愿意这种互动式的沟通,两人越发卖力,来了一曲又一曲,还低声唱着。后来有求必应,满足着我们合影留念的要求,一个又一个,他俩不厌其烦,并做出各种夸张的动作配合着,看得出,他们既有逢场作戏的成分,更多的是出自内心的友好。你瞧瞧,他们的笑多么真诚,多么爽朗。

因为还要赶回维也纳市区,虽然意犹未尽,我们不得不恋恋不舍地离开。真想就这么坐着,看着,感受这儿的欢快,品味这儿的情调。回程的路上,好几个人由衷地说:难忘今宵,不虚此行!

在多瑙河边过端午

没有想到今年的端午会在奥地利的维也纳度过,更没有想到在异国他乡也过了一个端午节,甚至过得比国内更热闹更难忘。

今年的端午是 5 月 28 日,我们在海外也吃到了正宗的粽子,原来开中餐馆的老板是上海人，难怪！在海外吃着粽子，一缕思乡情绪挥之不去。是纪念屈原，还是纪念伍子胥，其实已不重要了，重要的是这成了中华民族的民俗之一，成了华夏子孙的民族凝聚力之一。

下午，欧洲华文作家协会要选举新一届领导班子，我们几个海外的特邀嘉宾则在专人陪同下，游览太子宫。按事先约定，游览结束后我们来到多瑙河畔，参加一个露天端午聚会。海外的华人如何过端午，这正是我感兴趣的，怀着一睹究竟的心理，我来到了神往已久的多瑙河畔。

嘿，真是选了一个好地方，那聚会地点离公路只几步路而已，是多瑙河畔的一块相对平整的空地，可容纳五六百人呢。中间有一棵大树，以大树为中心，围了一圈桌子，桌子上摆放着粽子、油条、发糕等中国特色的小吃与中式菜肴，我细看后发现素粽2.5欧元一只，咸粽2欧元一只，油条2欧元一条，发糕1欧元一块，炸臭豆腐3欧元一盒，凉拌干丝4欧元一盒，红烧肉5欧元一盒，当然还有其他东西，难以一一记全。有卖的，有买的，有点像中国北方乡村的小型集市。

我看了横幅才知道，是中华妇女联合会奥地利分会组织的庆祝端午节活动，这些食物是维也纳妇女会的华人烧制的，全是义务性质的，拿出来卖，一是让华人有个聚会的由头，平时哪碰得到这么多同胞；二是让各位在异国他乡不忘自己的祖宗，不忘自己的民俗，不忘自己是龙的传人；三是让平时尽吃西餐的兄弟姐妹们能尝尝正宗的中国点心中国菜；四是让那些妈妈级、奶奶级的有机会一展中餐厨艺；五是让80后、90后有可能成"香蕉人"的华裔后代，能看在眼里，学在手里；六是还能募集一部分经费，真可谓一举数得。

现场有好几百人，以华人为主，也有少数欧洲人，像是华人的家属，有的还拖家带口，老的少的全来了，大家三个一堆，五个一圈，问候着，闲聊着，打趣着，交流着。那些孩子则津津有味地吃着，有的还忍不住说：好吃好吃！

不知是出于娱乐性，还是为了增加人气，现场还有抽奖呢。凡买了东西的都有抽奖券，当场开奖，我饶有兴味地看了奖品，有飞机票，有高级音响，

有饭店的用餐券、住宿券等多种多样，并且都注明价钱，有几欧元的，也有几十欧元的，最多的几百欧元，每个奖项都标明赞助单位，如什么饭店，什么公司，以及哪位个人，一目了然，清清楚楚。

这个活动从 14:30 到 17:30，共三个小时。我们离开的时候。多瑙河向我们展示的是一幅近黄昏的景色，波光粼粼的河水，灿灿七色的晚霞，渐驶渐近的游艇，星星点点的帆影，美得醉人。我在想，随着华人的增多，说不定，若干年后的端午，多瑙河上也会出现龙舟，出现祭祀屈原，为多瑙河添上中国色彩的一笔。

仙境般的翠湖

欧洲华文作家协会第 8 届年会结束后，会议联系了去奥地利中部的萨尔茨堡旅游，萨尔茨堡是世界著名音乐家莫扎特的故乡，这自然有极大诱惑力的。

从维也纳到萨尔茨堡要四五个小时的路程，好在沿路风光宜人，远景有阿尔卑斯山水墨画似的雪峰，中景有错落有致，满眼植被的山坡，近景有大片大片的草场，时不时一座哥特式的教堂，或一幢古老的城堡扑面而来，引起一车人的惊叹，时不时有若许木屋点缀山坡，勾勒出让人陶醉的画面，时不时有几头奶牛悠闲于绿野，宁静得让人忘了尘世的纷扰，或三两农人修剪草场，或一群鸟儿嬉戏于树丛，入诗入画，以致总有人情不自禁举起相机，拍个不停。我自然也不例外，恨不得把这里的美景，这里的平和都原汁原味地带回去，让我的亲朋好友一起分享。

我们下榻的酒店叫翠湖宾馆（GRAND HOTEL ZELL AM SEE），其位置绝佳，在整个半岛状的顶端，即向翠湖突出的部分，有点类似台湾岛鹅銮鼻的所在。这是翠湖地区唯一的四星级宾馆，也是翠湖地区最好的一家宾馆。只是路很窄，我们的大客车要开进去，那真如走钢丝一般，难度之高，每每让一车人惊呼再惊呼，幸好那塞尔维亚司机技术一流，七拐八绕，总算把我们开到了宾馆门前，说句心里话，看宾馆大门，并不怎样起眼，如果在中国国内挂个三星级就不错了。等我们来到房间，走到阳台，哇，好美的景致啊！我们的宾馆傍湖而建，站在阳台上，映入眼帘的简直就是仙境：阿尔卑斯山是湖的背景，气势不凡，湖四周古树参天，鲜花铺地，衬托得美不胜收。碧绿碧绿的湖水，清澈透明，白天鹅、黑天鹅高傲恬静，悠然自得；一对对鸳鸯，旁若无人，尽情恩爱；远处的三角帆，使得一湖春水活了起来，使原本宁静恬淡的翠湖有了动感。湖边的山坡，或黛色，或翠色，或一片，或一块，或一条墨绿逶迤远去，或成片青翠从天而降，与国内的自然山水大不一样。注意观察，会发现其特色之一，就是绿得有层次，绿得有节奏，原来这儿的山坡上林木与草地犬牙交错，在一片树林中间，很奇妙地生成一块草地，在一大片草地上，也会冒出一溜大树，大树与草地无规律地随心所欲地分割着山坡，装扮着山坡，像画家的调色板似的，黛色的大树，嫩绿的草地，光绿色就浓浓淡淡，深深浅浅，让人赏心悦目。

我突然想起在哪篇文章里读到过这样一段妙文，开发商说：这房子本身的报价很低很低，而这阳台外的美景占了整个房价的百分之九十，我主要卖的是与住宅连成一片的环境，这里的空气，这里的视野，这里的宁静，这里的安全，这里的晨曦，这里的晚霞，这里的鱼跃，这里的鸟鸣，在如今这寸土寸金的世界，在如今这红尘滚滚的喧嚣中，有这样一块世外桃源式的净土，让你碰到就是缘了，你总不至于俗到砍价杀价吧。

我站在阳台上，举着相机，任何一个角度都是无须裁剪的画面。

　　闲聊时,奥地利的奥中文化交流协会会长常恺很感慨地说:这儿有个奇怪的气候现象,往往晚上下雨,白天放晴。是吗？这不正是我求之不得的吗？我实在很想瞧瞧雨中的翠湖。

　　天遂人愿,傍晚时分,果然下起了雨,还挺大挺大,可惜这儿没有芭蕉,要不夜听雨打芭蕉,岂不美事一桩,诗意不泛上来才怪呢。

　　第二天早上,一觉醒来,推开阳台门,疑是面对天庭天宫,或者到了蓬莱仙境,原来一夜的雨,蕴发了满山的岚气,满湖的湿气,湖面上水汽氤氲,迷迷茫茫,朦朦胧胧;那近山远峰全成了岚气的陪衬,那岚气或娉娉婷婷,轻移莲步,或长袖善舞,婀娜多姿,那种欲羞欲娇,静若处子,那种瞬息万变,如梦如幻,令我目不暇接,令我惊喜万分,只遗憾手里没有摄像机。这样的美景,印象中我在 80 年代的四川卧龙自然保护区见过,但那是粗犷的,野性的,这儿是柔美的,细腻的,各有风味。

　　当我在写着游记时,总觉得自己的笔太没有灵性了,那种美,我能描写与表述的也许仅仅是百分之几、千分之几。朋友,有机会你还是自己去看,去感受吧。

充分享受阳光的奥地利人

　　奥地利之行,感触颇多,其中印象很深的一点是奥地利人太喜欢阳光,不,简直是偏爱阳光。说句毫不夸张的话,你在奥地利随处可见享受阳光的人。

奥地利属欧洲中部的内陆国家,位于欧洲腹心地带,中欧型气候。阿尔卑斯山地区的冬天很漫长,气温较低,但夏季还算凉爽,我们去的5月,通常气温在10~26摄氏度,昼夜温差较大。去前,维也纳文友发来电子邮件,再三关照要带外套,说山里的温度变化很大。因为考虑到温度不高,所以短袖都没有带,但到了维也纳才发现穿T恤、短袖的多的是,也不知为什么,那几天最高温度都在30度以上。如果在我们上海地区,基本上属于夏季的温度了。

冬天的时候,晒晒太阳,享受一下阳光的温暖,这自然是件惬意的事,但到了春秋天,你要想找几个晒太阳的中国人就难了。一到夏天,中国人通常对灼热的阳光避之唯恐不及,几乎谁都不愿直接暴露在阳光下,除非露天作业,即便非露天干活不可,草帽也不会少的。那些中国女性夏天上街往往还要打把遮阳伞,涂抹防晒霜。平时看惯了这些,蓦然看到欧洲人夏日炎炎也照晒太阳,不说大惊小怪,至少当风景看,对欧洲人的耐晒与喜晒,不佩服不行。

举几个常见的镜头吧——

在有些露天咖啡吧与露天用餐的地方,明明有大大的遮阳伞,只是很少有顾客避在伞下的阴凉里,大部分市民或游客心甘情愿地坐在阳光下,似乎在阳光下喝着、吃着更香更辣更有味。

在奥地利,在荷兰的旅游景点,我看到了太多太多的老人在辣辣的阳光下静坐,太多太多的孩子在阳光下玩得兴致勃勃,那摄氏30度以上的阳光,烤得皮肤生痛生痛的,但对他们而言,一切都司空见惯。更有甚者,在多瑙河两岸,与公园的草坪上,时不时见到穿着三点式的女郎在晒日光浴,她们席子一展,毛巾一铺,旁若无人地脱了躺下。或合扑而憩,露背露臀,或仰天而躺,袒肚袒腿,或拖儿带女,合家享受,或三两小姊妹,结伴晒阳光,一躺就是一两个小时,两三个钟头,晒得皮肤红红的,黑黑的,据说在欧洲人眼里,这种阳光色皮肤被认为是健康的肤色,也是有钱的象征。想想也对,白白净净那种肤色的,十有八九是干活的命,属于没有时间旅游,没有时间亲近大自然,没有时间享受日光浴的工薪阶层。白嫩嫩,我们认为的美,在他们看

来,乃病态之美,非健康之美,这或许就是东西方审美的差异吧。

奥地利人喜爱阳光,不知是否与这儿日照较少有关系,物以稀为贵,这全世界都如此。但我在奥地利的十来天时间里,几乎天天阳光灿烂,只在萨尔茨堡遇到过大雨,但集中在晚上雨打窗棂,并不影响白天的阳光呀。也许是我们运道好,掌雨之神特别照顾我们吧。我猜测,当地大部分时间,阳光可能是稀罕之物,阳光灿烂也就成了上帝的恩赐,他们偏爱阳光也就自然而然了。

随处可见读书人

我到过十几个国家与地区,如果时间允许的话,书店我是一定会去瞧一瞧,去实地了解一下外国的图书市场,去看看他们的图书,去感受一下那儿的气氛。

海外图书的价钱通常都比中国国内的定价要高,甚至高好几倍,但买书的照样不少。他们买书是为了阅读?是为了藏书?是为了体现身份?是为了显示高雅?

这次在奥地利与荷兰,仅仅跑了两个欧洲国家,却让我真正见识了欧洲人爱读书的一面。

可以这样说吧,在奥地利或荷兰,你用不着刻意寻找,随处都能看到读书人,在街头,在车站,在旅游景点,在休闲场所,不是做出来让别人看的,不是打发无聊随手翻翻而已，而是成了生活的一个组成部分，成了一种自然而然的习惯，当然，更重要的是他们认为这是自身充电的需要，是陶冶情操，提高修养的好事，是身心愉悦的快乐之事。

我在维也纳太子宫的多处长椅上，见到多位上了年纪的老人专心致志地读着书，神情之悠闲，身心之放松，心态之平和，我真想轻轻地对他们说：祝福你，幸福的老人！这也是一种颐养天年的方式，这比沉湎于麻将桌上，应该健康、卫生，有品位得多。

在玫瑰园的草坪上，我还瞧见了躺着日光浴的女性，她们休闲、读书两不误，怡然自得地边享受着阳光，边翻看着书籍，可惜我不懂德文，不知她们读的是什么书，但她们一定不满足阳光的沐浴，于是又沉浸在书的滋润中。

我还在多个公交车的站台处，见有候车者，边等车边翻书，不知属于忙里偷闲，还是习惯成自然。我还注意到有位中年人坐在那儿候车，车来了视而不见，只管看书，我估计他已进入那书的世界，也就忘了现实世界的嘈杂与纷扰。

最有意思的是有天傍晚，我回旅店早，站在阳台欣赏翠湖风景时，无意间往下一瞧，阳台下湖边的大树旁，有个少女搬了张躺椅，斜躺在那儿，手里捧着一本书，静静地读着，没有人干扰，好不悠闲自在。我观察了一下，在离少女几十米的湖边，还有一位胖胖的中年妇女，穿着泳衣，坐在石凳上，也在看书，构成了一幅恬静的翠湖读书图景。

在城市，在景点，读书场景司空见惯，那么在乡村呢？我们去萨尔茨堡的路上，要吃饭，因为乡下没有大饭店，我们一下去四十来人，可能厨师来不及做，就兵分两路，分头去找饭店，在找饭店时，我见到了一位农妇，坐在路边供人小憩的凳子上，脚边放着一篮水果，看不出是小贩，还是走亲戚的，周边没有其他人，她呢，拿着一本书，很认真地读着，并不理会我走到她近处，我偷偷地拍了一张她的读书照片，她好像全然不知。

我真的很感动也很感慨，看来他们于读书就像我们的搓麻将。我们常说与国际接轨，如果读书也能接轨，那该多好啊。

阿尔卑斯山的滑雪场

关于滑雪场，我曾从电影、电视剧中多次见到过，数千米的高山，冰雪覆盖，茫茫一片，那些滑雪高手借助雪橇，从高高的雪峰流星般滑下，犹如天神降临，尤其是那种 S 型滑行，大转弯，空中翻筋斗，看得人惊心动魄，看得大呼过瘾。于是有了一种朦朦胧胧的想法：如果有朝一日我也能上得雪山，亲眼目睹高山滑雪，亲身尝试一下高山滑雪的刺激与乐趣，那一定大爽特爽。只是欧洲的高山滑雪场离我们平时的现实生活毕竟远了点，因而也只是触景生情，一刹那的想法而已。

没想到，这次奥地利之行的意外收获竟是去了阿尔卑斯山的史觅腾高峰 (Schmittenhoehe)，这滑雪场位于萨尔茨堡邦 (Salzburg) 翠湖镇 (Zell am See) 附近的卡普伦小村 (Kaprun)。也不知是事先策划好的，还是临时决定的。原本会议结束后安排去奥地利中部萨尔茨堡旅游四天，我对萨尔茨堡的了解就是莫扎特的故乡，至于高山滑雪场，我连想也没想到。

上山前，我担心起了气候问题，俗话说"高处不胜寒"，想象中，高山滑雪场零下十几度二十几度是起码的吧，可我不知有这安排，只带了一件外套，上山后，能扛得住冰天雪地的寒意袭击？但并不是我一个人衣服带得少，同行的其他人也没有带滑雪衫之类的冬衣呀。车到山前必有路，总不会光冻我一个人吧。也许像中国山东的泰山，山上有借军大衣的，我也就坦然了。

在山下等乘索道时，好热呢，连长袖也穿不上，最好T恤。上山的罐笼不是封闭而是敞开式的，有利于观景，开始只是一般的山景，无非山石、大树、绿草，与中国的山景并无多大区别。索道分三段，第一段到半山腰，半山腰已开始有积雪了，不过不是大片大片的，而是一块一块的，特别是在两峰的峡谷里，或背阴处，雪尚未化去，与裸露的黑色山石形成鲜明的对比，犹如黑白木刻画。

不停不息，我又乘上了罐笼，往更高处进发。雪开始多起来了，雪开始厚起来了，植被开始少起来了，奇怪的是温度好像并无明显的降低。

再下罐笼，已到了冰雪世界，可我还是穿着衬衫，再看已上山的那些老外，有的还T恤、短袖呢，实在令人看不懂。我踩着厚厚的积雪拍了几张穿衬衣的照片，如果不是照片为证，谁又能相信，我敢穿着衬衫站在冰天雪地里，我都为此骄傲呢。

有些游人到此为止，不再上去，再上去通常就纯粹是为了滑雪了。

我虽然不会滑雪，但看是一定要去看一看的，不到长城非好汉，不到雪峰当然也非好汉。再接再厉，我与奥地利的奥中文化交流协会会长常恺先生一起，第三次乘罐笼，直上最高顶史觅腾高峰。史觅腾高峰有两千多米吧，这儿真正的冰雪世界了，几乎除了雪，还是雪，有的地方积雪很厚，踩下去，整只脚都陷在了雪里。走在雪地里，发出"咔嚓、咔嚓"的声音，应了"一步一个脚印"的老话。

我把外套穿上了，穿上并非是冷得受不了，而是潜意识里怕受凉受冻。让我看得目瞪口呆的是，竟有几位老外，穿着短裤，光着膀子，在雪地里，喝着啤酒。似乎那皑皑白色不是千年积雪，而是厚厚的棉絮。我很想拍下来，但距离远了些，担心肖像权的问题不让我拍，就远远地看了又看，喊了声："好样的！"估计他们也没有听懂，以为中国老外激动于阿尔卑斯山的壮美，吼一嗓子。

吃饭的时候，我们来到一处高山建筑，有就餐的大厅，也有露天的咖啡吧。咖啡吧的木平台外就是千年积雪，平台上有不少躺椅，有人就躺在躺椅上晒着太阳。我还看到了几位小伙子与几位姑娘在休息聊天,那几个小伙子一个个光着膀子,全然不顾雪地的寒意,不知是确实不怕冷,还是为了在姑娘面前秀一秀他们强壮的体质与健美的肌肉。不过,你不得不佩服他们,我悄悄地拍了一张照片,可惜是背面的。我很想到他们正面拍一张,怕语言不通,打扰了他们,引起误会,就作罢。

欧洲华文作家协会会长俞力工教授是维也纳本地人,是个滑雪爱好者,他早已技痒了,他去借了滑雪设备,全副武装地出现在我们面前,好英俊潇洒,让我们羡慕得不得了,我们大陆来的五位作家,一一与之合影,以做永远留念。

我观察了整个滑雪场,孩子的比例竟然比成年人多,有些可能是学生,成群结队的,很少有教练或父母在身边的,那些孩子一个个"胆大将军做",全然不畏什么危险,俨然自己天生就是滑雪高手,勇敢地从雪峰上滑下来,时不时有人滑跌、摔倒,滚好几个筋斗的也大有人在,有点"惨不忍睹,心惊肉跳",要是在我们国内,那还了得,父母、爷爷奶奶能舍得?能同意?但在这儿,一切都司空见惯,大人看了也见怪不怪,没有人会大惊小怪。那些跌倒的,自己爬起来,抖抖雪,拍拍屁股,又义无反顾地滑了下去,滑到底了,或乘罐笼上来,或用手拉着吊索上垂下的环,脚稍稍离雪地几公分,一会儿就又上雪峰了,用这种方式上去,不需排队,只要有手劲与胆量就行。

我们算是极少数观摩的,欣赏之余,就是寻找角度拍照留影。有集体照,有合影照,有单独照,或混迹于滑雪队伍,或独立于悬崖峭壁,或张开双臂,做拥抱雪峰状,或敞开衣领,做不畏严寒状,我想这些都是人生难得的留念,我将好好保存这些照片,以及这美好的记忆。

音乐之国、音乐之都

奥地利被称之为音乐之国,维也纳被称之为音乐之都,到奥地利,到维也纳自然是要欣赏音乐的,自然是要朝圣音乐大师的。我算不上音乐爱好者,更谈不上音乐发烧友,对音乐也没有研究,但在我有限的音乐知识库存里,我依稀记得18世纪的海顿是奥地利作曲家,创作过《告别》《惊愕》《时钟》等一百余部交响曲,以及钢琴协奏曲、弦乐四重奏等多种曲子,属维也纳古典乐派代表人物之一,距今有200多年了。

稍后有著名作曲家莫扎特,他的家乡在奥地利中部的萨尔茨堡,与海顿乃亦师亦友的关系。影响最大的作品有他创作的歌剧《费加罗的婚礼》《唐璜》《魔笛》等。

再后的贝多芬,说起来是德国的作曲家,但他深受海顿、莫扎特的影响,后来定居维也纳,创作了《英雄》交响乐、《命运》交响乐《田园》交响乐、《合唱》交响乐等传世之作,成了维也纳古典乐派的又一代表人物,对世界音乐的发展有着举足轻重的作用,被世人尊称为"乐圣"。

到了18世纪后期,19世纪早期,维也纳又诞生了一位了不得的作曲家舒伯特,其代表作有《魔王》《野玫瑰》《春之信念》《流浪者》,以及《b小调交响曲》《c大调交响曲》等。在19世纪中后期,奥地利又有一位举世闻名的音乐大师横空出世,那就是被称之为"圆舞曲之王"的施特劳斯,

他的传世之作中,中国音乐爱好者也耳熟能详的有《蓝色多瑙河》《维也纳森林的故事》《艺术家的生涯》《春的声息》等,这些节奏轻快、明朗的曲子世称"维也纳圆舞曲",在世界各地影响极为深远。说出来惭愧,我也是到了奥地利才知晓,我上面提及的那些曲子是小约翰·施特劳斯写的。因为在奥地利,他们施特劳斯家族竟有两个作曲家,都写圆舞曲,且都叫施特劳斯,原来他们是父子俩,世人为了区分之,习惯上称之为老约翰·施特劳斯与小约翰·施特劳斯。老约翰·施特劳斯也是个音乐天才,创作过150多首圆舞曲,以及数十首进行曲。由于他和作曲家约瑟夫·兰纳共同奠定了维也纳圆舞曲的基础,因此,老约翰·施特劳斯被人们誉之为"圆舞曲之父"。这也罢了,最让中国读者难以分辨的是还有一位叫奥斯卡·施特劳斯的轻歌剧作曲家,据说他的音乐至今在维也纳还颇流行。写到这儿,不能不提德国的施特劳斯,同样是作曲家、指挥家,只不过全名为理查德·施特劳斯。他虽然不是奥地利人,却是萨尔茨堡节的创始人之一,还担任过维也纳国家歌剧厅的总监。欧洲人的名字不像中国人有姓来区别,偏这几个不同的施特劳斯都是音乐界的大腕人物,中国读者能有几个别辨得清,不头晕的。

记得马克思说过:"对于非音乐的耳朵,最美的音乐也毫无意义。"钱钟书则说过:"假如你吃了一个鸡蛋,觉得不错,又何必一定要认识那个下蛋的鸡呢?"

我想对于普通读者、一般的音乐欣赏者来说,音乐之美才是最重要的,当然,如果能了解更多的背景资料,全方位地了解音乐家,兴许更有助于对作品的理解与热爱。

在莫扎特的故乡

    按照中国人一般的旅游习惯,最好在最短的时间内跑最多的地方,看最多的景点,拍最多的照片。但欧洲华文作家协会会长俞力工再三强调:在欧洲通常喜欢深度游,精细游,休闲游,反对马不停蹄急急匆匆地到此一游式的走马观花。因此,东道主安排了我们去奥地利中部的萨尔茨堡,四天三夜,一则是客随主便,二来萨尔茨堡对我的诱惑力不小啊,要知道这是世界一流音乐大师莫扎特的故乡。能去莫扎特的家乡走一走,看一看,应该是会大有收获的。

    我因为是搞文学创作的,欧洲作家的作品看得多些,欧洲作家、剧作家的名字相对熟些,例如,英国的莎士比亚、拜伦、雪莱、狄更斯、柯南道尔,法国的巴尔扎克、大仲马、雨果、梅里美、福楼拜、莫泊桑,德国的歌德、席勒、海涅,意大利的但丁、薄伽丘,西班牙的塞万提斯,奥地利的茨威格、卡夫卡,丹麦的安徒生,挪威的易卜生,匈牙利的裴多菲等不说耳熟能详,知之甚多,其代表作品至少翻过,对音乐家多少隔膜些,不过莫扎特、施特劳斯的名字还是如雷贯耳的,对他俩的音乐天赋与杰出贡献还是有所了解的,至少知道歌剧《费加罗的婚礼》《唐璜》《魔笛》是莫扎特创作的,交响乐《降E调第39号交响曲》《帝王》,《G小调第40号交响曲》《C大调第41号交响曲》《丘比特》,协奏曲《D大调小提琴协奏曲第四号》等也是莫扎特创作的,

有的还欣赏过,这些脍炙人口,风靡世界的作品,其魅力,其影响,至今不衰,莫扎特对音乐的贡献怎么评价也不过分的。现在,我要去莫扎特的家乡去实地看看生他养他的那片土地,我的眼前浮现出了青山绿水,田园风光,我的耳边响起了美妙舒婉的音乐曲调。

到了萨尔茨堡,粮食胡同是各国游人必去的地方,这是萨尔茨堡最有名的一条老街,其出名不仅仅古老,更因为著名的音乐大师莫扎特就出生在这条街上。我们来到了粮食胡同9号,据萨尔茨堡旅游局的官员介绍:莫扎特1756年就出生在那座漆着米黄色颜色的大楼里,三楼开着窗户的那一间,现在这楼辟为了莫扎特故居博物馆。可惜我们那天到的时候,莫扎特故居博物馆前的街道正有作业,楼前停着大吊臂的起重机车子,妨碍了我们拍照。因为时间关系,我们也没有来得及上楼去实地看一看,据说陈列有莫扎特用过的第一把小提琴,还有莫扎特的乐谱、信件、笔记本,以及生活用品。因为慕名而来的各国游人太多,这条街如今成了"繁忙的街道",名人效应可见一斑。

莫扎特的故居则在另一条大街上,街名记不起来了,只知道是8号,那是石库门,成发圈状,上方有一牌子,有"MOZART WOHNHAUS"字样,栗色的大门,很是普通,如果没有人怎么提醒,谁也不会过多注意,我第一次经过就擦肩而过,后来因专门寻找,才知道一走过了,幸好回过来再次经过,我特意在门口拍了照片。

如果不是光冲着莫扎特来萨尔茨堡,那么米拉贝尔宫是要好好看一看的,那里拍摄过历久弥新,脍炙人口的电影《音乐之声》。像铜马雕塑等能让看过此电影的观众,吊起丝丝缕缕的怀旧之感。

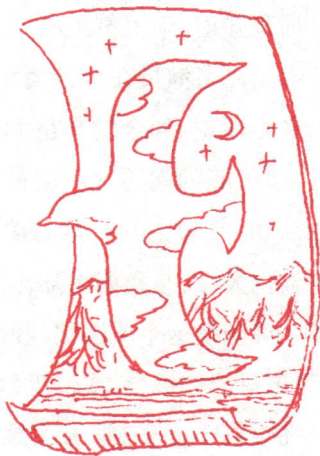

维也纳的金色大厅

　　自从宋祖英在维也纳的金色大厅唱响后,金色大厅就在中国的各媒体上频频亮相,让许许多多从未出过国门,从未去过欧洲,甚至连维也纳是哪个国家哪个洲也未必搞得清楚的平头百姓也听说了金色大厅,记住了金色大厅,知道了在金色大厅演出是件很有面子很上档次的事,更有甚者把进金色大厅演出看作一种个人身价,集体荣誉,似乎关乎国家脸面。特别是每年的元旦音乐会,如果跻身金色大厅,那简直是无限的荣光,犹如鲤鱼跳了龙门,日后回到国内就身价大不一样了。

　　据我知道,宋祖英演出大获成功后,又有谭晶、廖昌永、王宏伟、王莹、汤灿等中国籍名演员在金色大厅演出过,都获得了不同凡响的成功。

　　平心而论,如今的金色大厅在中国的知名度已相当高,因此,我到维也纳后,颇关心的问题之一就是有没有机会去一趟金色大厅。但我们这次是文学活动,且与会的基本上是欧洲华文作家,大部分人都曾经到过维也纳,进过金色大厅,与我们大陆作家第一次到维也纳心情不一样,想看的东西不一样。可能是这个原因吧,我反复查看了会议日程表,没有去金色大厅的安排,看来只能候机会,或忙里偷闲自己去了。

　　机会终于来了,那天去维也纳森林公园回宾馆的路上,我问俞力工会长,能否经过金色大厅,哪怕拍一张照片也好呀,俞力工很理解我们的心情,

很善解人意,关照司机停一下车,让我们几个欲一睹金色大厅真容的中国作家下车几分钟。因为那儿不能停车,大部分人也不打算下车,车子转一圈后,再开过来,我们就得上车走人。行!只要有照片为证,就算到过金色大厅了,就可以不那么遗憾了,要不回国后,有亲戚朋友问起金色大厅,连影子也没见着,那只有惋惜叹气的份了。

说句心里话,就外观而言,金色大厅在维也纳的建筑群中,实在不咋起眼,至少算不上一流建筑,因为比金色大厅漂亮的建筑比比皆是。金色大厅位于维也纳市贝森多夫大街 12 号,临街建筑,相当于中国的三层楼,底下一层外墙是银灰色的,二层以上外墙橘黄为主,与白色相间,其诸多建筑饰件是镏金的,屋顶上竖立着数十位音乐女神雕像。该大楼由 T.冯·汉森始建于 1867 年,两年后竣工。按设计风格属意大利文艺复兴式建筑,迄今有 142 年历史了。

我们下车后,我瞧见在金色大厅外有个不算很大的广场,有露天的咖啡座,估计主要晚上营业,我坐下后拍了一张照片,直奔金色大厅大门。大门开着,但不让进,门口有一位戴着假发,穿着 19 世纪服装的工作人员,也闹不清是门卫,还是演艺人员,或者纯粹是搞宣传的,虽然语言不通,但他对我们中国人显然很友好,我们站在他边上拍照,他不但不恼,还主动挨近我们做微笑状,当我走过去向他伸出手时,他很默契地与我握手。因没有时间多逗留,我说了句"Thanks you!"向他挥手告别。

上海来的谢锦向来爱好音乐,到了维也纳不听一场高水准的音乐演出,就像到了北京没有去鸟巢,是一件十分十分遗憾的事。维也纳的文友知道后,设法弄来了两张票子,印象中是 30 多欧元一张,合人民币三百多。北京的冰峰夫妇比我们晚回国两天,其原因之一就是想有足够的时间去金色大厅高雅一回,可惜金色大厅不是每晚都有演出,且票子极为紧张,150 多欧元一张,竟供不应求。哎,不对呀,谢锦她们不是才 30 多欧元一张吗?难道金色大厅也有黄牛倒票?一问方知:整幢大楼有好几个音乐厅呢,金色大厅是最大最出名的一个,除此以外,还有勃拉姆斯厅和莫扎特厅等规模小一点的演出厅。30 多欧元的票子,是进了音乐之友协会大楼,而非金色大厅。

冰峰为无法去金色大厅欣赏世界顶级音乐会耿耿于怀。我因为正在联系太仓的江南丝竹到金色大厅演出,还要来,心想总有机会进去,也就不像冰峰那样心情急迫。

机会是靠自己创造的,或自己抓住的。好运道又一次来临,当我们从萨尔茨堡回到维也纳,会议就算结束了,欧洲国家的代表都打道回府了,唯有我们中国的五位作家当晚没有航班,得再住一晚再走。奥中文化交流协会的会长常恺来安排我们住宿,而常恺正是中国歌唱家、音乐家、演艺人员进入金色大厅演出的幕后推手,宋祖英进金色大厅演出就是他一手策划的,凭他的关系,进金色大厅看看应该是有可能的,我抱着试试看的心理,很不好意思地提出,没想到常恺一口答应。他说好晚上带我们去多瑙河边吃烧烤,正好离吃晚饭还有两个小时,单进去看一眼,应该绰绰有余,于是常恺驾着车,让我们第二次来到了金色大厅门口。

只见常恺与门卫说了几句德语,就让我们进去了,意思是这几个中国人进去考察一下演出场地,因我在联系江南丝竹到金色大厅的演出,这说法也就有所依据,不属瞎编。

进去后,发现里面的结构,与内装修,远比外观要靓丽得多,随处可见音乐家的雕像,墙上的、橱窗里都展示着音乐家的照片、文字介绍等,似乎每一堵墙都隐着音乐的精灵,似乎推开每一扇门,每一扇窗都会有音符溢出,旋律飘出。金色大厅并没有我想象的那么雄伟阔大,比之上海大剧院的空间感实在无法用宽敞来形容,但其精美程度中国国内的剧院却难以比拟。我问了一下,共有 1654 个座位,还有 300 来个站位,我仔细地观察了大厅,两侧有楼厅,类似于雅座或包厢,楼厅下方有一座座音乐女神的雕像,既是楼厅的支撑,又是装饰。而屋顶系平顶镶板。据常恺介绍:金色大厅的吊顶、木地,以及墙壁整个构成了一个巨大的共鸣箱,使演唱者或乐队演奏的声音在厅内得到振荡、放大、扩散,余音袅袅。而那些音乐女神还能把原本直接撞击到墙壁上的音波起舒缓作用,使得音色更柔和,更绵长。据去过金色大

厅演出的演员私下里说,在金色大厅的演出效果要比一般的演出场所精彩好几分,由于金色大厅这种独一无二,不同凡响的艺术效果,使其被称之为世界上音响效果最出色的音乐厅。金色大厅也就被誉为世界五大音乐厅之一,与柏林爱乐厅、莱比锡布商大厦音乐厅、阿姆斯特丹大会堂、波士顿交响乐大厅并列,而现在的知名度已无可置疑地排在首位。这座既古老,又充满现代气息的音乐厅,也就成了无数音乐家、歌唱家神往的音乐殿堂,犹如伊斯兰信徒心目中的麦加圣地。

玛丽亚大街

　　我这个人没有逛大街的习惯,甚至可以说是一个怕逛大街的人,我上大街,通常就去两个地方,一是书店,二是邮局。去书店是淘书、买书,去邮局是寄书寄信寄挂号,取稿费拿包裹。百货公司、食品公司我是非买不可才会匆匆进出一回。但这次我在维也纳破天荒地足足逛了一个多小时的街,逛了维也纳的玛丽大街。

　　逛玛丽亚大街纯属意外,临回国前一天下午,我们从金色大厅出来时,如果马上去多瑙河畔吃烧烤似乎早了点,而奥中文化交流协会会长常恺先生因第二天要去上海谈迎世博多瑙河两岸宣传活动的转播事宜,也要准备行李,时间极紧,商量了一下,我们逛一个半小时大街,他办好事再来接我们。我们已经打扰常先生很多,歉意得很,自然客随主便。

常恺把我们带到了玛丽亚大街（Mariahilferstrasse），这是维也纳一条著名的传统购物大街，位于维也纳市中心地带。

　　我们说好在一座教堂前的雕塑前碰面，这样双方好记好找。

　　三位女同胞一听有逛街机会，立马来了精神，第一个目标就是大商场的化妆品、香水柜台，据他们说比国内便宜多呢。而这条街上特多的是香水、化妆品店，以及首饰、手表店，还有就是书店、唱片店。我与冰峰陪在后面看得眼花缭乱，也没看出个子丑寅卯来，对香水、化妆品我实在不懂。大概三位女同胞也不忍心让我们无聊地跟着，叫我们自便，这才叫善解人意啊。

　　我与冰峰出了商场，就一路溜达，一路拍照。

　　说实话，大街上的行人远没有上海南京路步行街与淮海路多，但在欧洲国家的街道上也算熙熙攘攘，人气颇旺了。似乎休闲的人比上班族的多，因为很难看到匆匆忙忙的脚步与急急慌慌的身影，几乎所有的人都气定神闲，优哉游哉。细细观察，这堪称一个慢生活的城市，慢节奏的大街，好像都在享受生活。不时能瞧见一对夫妇推着婴儿车，或手牵一个，或后面再跟着一个，三口之家，或四口之家，甚至五口之家，在大街上慢慢悠悠地走着逛着。宽宽的人行道上有时会辟出一块放若干台子凳子供喝咖啡，我还见到用藤蔓编织的尖顶小房子样式的坐椅，正好一个人能坐进去，两人对面对坐着聊着喝着，委实很童话很诗意也很浪漫。

　　我还看到一个很青春很靓丽的女孩牵着一条高大威猛的狼狗，人与狗形成极大的反差，不知是为了显示与众不同，还是为了吸引眼球，或者是为了锻炼自己的胆量，因为我注意到那狼狗的嘴上套着不锈钢的嘴套。那女孩见我注意她，很友好地朝我嫣然一笑，也并不阻止我举起相机。

　　但有些街头艺人却坚决不允许别人拍照。玛丽大街上的街头艺人可不是一个两个，有三五一群组合型的，也有独自一人单干型的。譬如有一位中年男子坐在街头椅子上在拉手风琴，看不出是自娱自乐，还是卖艺行乞，只觉得他的神情是自如的，脸色是平和的，看不出忧郁，看不出自卑，只沉浸在他的音乐之中。还有几个穿着还算体面的街头艺人，身边放着萨克斯、长笛、

小提琴等，正在闲聊休息，我试图拍下来，他们用手势制止了我，不知是艺人的尊严，还是肖像权问题？

在教堂广场一座高高的不知为何人的雕像前，有一个老年乞丐，席地而坐，衣裳略显陈旧，神情也有些委顿，但并无乞讨行为，但如果有谁朝他举起相机，他马上条件反射般发出一串话来，配合着那幅度较大的动作，知道他十分反感别人拍他。

玛丽大街上也有警察，警察没有阻止卖艺的，也没有驱赶行乞的，但我见到了警察在记录违章停车的，把罚款单贴到了车窗上，可惜我看不懂德文，不知上面写了些啥，也不知罚多少欧元？

我不知玛丽亚大街其知名度在维也纳可算否购物第一街？是否相当于北京的王府井，上海的南京路，苏州的观前街？不管它知名度到底如何，是大是小，我，记住了：维也纳有一条我逛过的大街，我写过的大街——这条大街叫玛丽亚大街。

在多瑙河畔吃烧烤

常恺兄毕竟是来自中国的文化人，他非常理解大陆作家的心理，所以临别那晚，他特意安排我们五位中国大陆的作家去维也纳多瑙河畔去吃烧烤，这比在大饭店里宴请要有情趣得多。

我叫不出这烧烤店的名称，但知道这烧烤店颇有名气，你只要从门口停满了车子就能想象它的火爆，如果不是事先订位，很难吃到呢。

门口只能说是普普通通，没有高楼大厦，没有大广告大招牌，也没有霓虹灯闪闪烁烁，粗看，令人怀疑只是一片农家院落罢了，这大概就是"酒香不怕巷子深"吧。进去转几个弯到了多瑙河边，才体会到它的热闹，才感觉味道来了。首先是它的地理位置得天独厚，这儿离市区不算太远，不过已有点落乡了，所谓闹中取静，兼有城市的色彩与郊野的韵味。其次是随意，你可以边吃烤猪排，边欣赏多瑙河黄昏的美景，也可以去瞧瞧如何烤猪排，我就特意去参观了烤猪排的过程，那烤猪排的师傅还很友好地摆个普斯与我合影呢。

这儿的高潮应该在落日之后，我们算早的，我们落座时虽不能说座无虚席，也有七八成了，等我们吃到一半时，已找不到任何空位了。这儿经营很单一，只供应烤猪排，但很专业。那猪排放在一个椭圆形的木质盆子里，一盆两条猪排，每条有一尺来长，有十来节，烤得香香的，金黄金黄的，也有稍稍烤焦的。那木盆中间放若许洋葱丝与烤土豆片，好像还有一小碟调料，再每人一杯生啤。

我在家属于基本吃素，这倒并非信奉"食肉者鄙"，而是多年来养成的一种口味与习惯。因此面对如此美味猪排，我也只能浅尝辄止，平心而论，当得"味道好极了！"不过我只消灭了七八节，即不到一整条。我真的很佩服冰峰的胃口，他一人的量是我的几倍。中国古代有个祝福词汇乃"健身健饭"，就是祝亲人、朋友胃口大开，所谓有钱能买来好的事物，买不来好的胃口。冰峰的好胃口让我们羡慕，也让我们妒忌。再想想也正常，冰峰从小生活在草原上，其肠胃习惯于肉类食品，再说他年轻，食欲肯定比我好。看着他大快朵颐，平时不喝酒的我也把那一大杯啤酒灌了下去，好爽！

我们进餐过程中还有个有趣的小插曲，我们邻桌的带了一条相貌挺奇特的狗，那狗主人不时把猪排喂给那狗吃。那狗吃得有滋有味。可能那狗咂巴咂巴的声音响了些，我们几个都注意上了那狗，那狗脸长长的，瘦瘦的，属于看一眼就难忘的那种。常恺说：这狗养的时间长了，与主人的脸会相近似。是吗，会有这事？正这时，狗主人无意中转过了脸来，哇，真的好像，就

像为了印证常恺说的话一样，有人情不自禁笑了，我却呆了，呆呆地看了半天没有吱声，天底下竟有这样有趣的现象，而且还可能是规律性的。联想起听人说过：恩爱夫妻几十年后有的会越长越像，因为同一饭锅里吃饭，同一被窝里睡觉，同一屋檐下进出，难免趋同。

多瑙河畔吃烤猪排因为吃出了味道，因为吃出了印象，于是有了这篇小文章。

多瑙河畔的黄昏

就中国读者而言，到过欧洲的是极少数，但知道多瑙河的却很多很多，就像没去过德国却知道莱茵河，没去过俄罗斯却知道伏尔加河一样。在中国的知识分子的心目中，多瑙河的印象更深些，这得归功于著名音乐家小约翰·施特劳斯的《蓝色多瑙河》圆舞曲。我猜测十有八九的中国读者是因了《蓝色多瑙河》这圆舞曲才知道多瑙河的，并且一定有很多很多的读者据此认为多瑙河是蓝色的。其实我以前也是这么认为的。

我们常说绿水青山，于是乎绿水被公认为环境好生态好的重要标准之一，其实蓝色的水质要比绿色的更好，只有那些高山积雪融化而成的湖泊，没有污染没有杂质，其水才会呈蓝色，这种蓝色之水我在四川的九寨沟见识过。

所谓蓝色的多瑙河其河水真的是蓝色的吗？我看到过一个资料，说多瑙河的河水在春夏秋冬四季更替时，会有八种颜色的变化，有棕色的，有浊黄色的,有浊绿色的,有鲜绿色的,有草绿色的,有铁青色的,有深绿色的,而有三分之一的时间是宝石绿色的,唯独没有蓝色的。看来我们都被误导了,蓝色的多瑙河并非指多瑙河的水是蓝色的,而是指一种情绪,指一种感觉,指一种音乐的色彩,如此而已。

多瑙河可以说是一条世界名河,但它到底发源于何处,流经哪些土地,属于哪个国家,实在不甚了了,通常只把它与奥地利联系在一起。这次去了欧洲,才感性地认识多瑙河原来是欧洲的第二长河,它发源于德国的黑林山,流经奥地利、斯洛伐克、匈牙利、克罗地亚、塞尔维亚、保加利亚、罗马尼亚、摩尔多瓦、乌克兰,最后注入黑海。

就像中国的长江、黄河与大运河是华夏文明的发源地与集中地一样,多瑙河在欧洲文化的传播中举足轻重,多个世纪以来,这条黄金水道是各国商业的通衢,系难以替代的贸易大动脉。其特色之一就是两岸有着一个又一个城堡与要塞,形成古城堡群,当年是奥匈帝国的疆界,权利与财富的象征,如今是极为珍贵的世界文化遗产。

我们在吃罢烤猪排后,就沿着多瑙河岸边溜达了起来,中国不是有"饭后百步走,活到九十九"的说法吗?!

我是个没有方位感的人,不知我们所在的是多瑙河的南岸还是北岸,但回想起西斜太阳的位置,我们可能在多瑙河东岸吧。不管南岸北岸,西岸东岸,反正河这边属郊野,河对面属城区,因为高楼大厦都在对岸,这边几乎清一色的独家独户的院落,一幢小木屋,或一座两层楼的房子,带一个大大的花园,花园里有老树,有鲜花,最多的是玫瑰花,其实就是中国的月季花。在欧洲没有月季花的概念,不像中国还要细分为蔷薇花、十姐妹花等,他们统称为玫瑰花。那一家家的篱笆上,有好多家爬满了玫瑰花的枝条,开满了花朵,有红色的、白色的、黄色的,成百上千朵,构成了花墙,构成了图案,煞是好看。

多瑙河两岸有无数的大树老树古树,还有芦苇,富有野趣。行走在多瑙河边,还时不时能见到亲水平台,有木头的有石头的,常能瞧见一对情侣或一家三口,甚至带只狗,坐在亲水平台上或卿卿我我,或享受落日前的美景与恬静。

多瑙河里最热闹的是赛艇，不时有一艘艘的赛艇飞快地滑过水面，飞速而去。有单人的，有数人的。我注意到，沿岸有多家赛艇俱乐部性质的组织，那仓库一样的库房里码放着几十艘赛艇。

我们在散步时，还见到了多位多群自行车爱好者的身影。有时是一家三口，爸爸在前面开路，孩子中间，妈妈殿后；有的干脆让孩子跟在后面，落了好长好长一段距离，那孩子也不急不躁，不慌不忙，不害怕，尽力追赶着。要是在中国，大人能放心？小孩能安心？

最有意思的是那些上了年纪的老太太，也短裤短袖，骑着跑车，你追我赶，风驰电掣般地向前，似乎忘了年岁。

走着走着，常恺指着对面说，对岸原本有一个天体浴场，男男女女，老老少少，一律赤裸相对，但那一天我们没见到那一幕，不知是转移了地点，还是那天恰好没活动。

据我知道，欧洲还有专门的天体营，这在欧洲算不了什么。在这种场合，你不肯脱光，反而会被人认为思想不健康。你没有邪念，怕什么。好了，扯远了，打住。

总之，多瑙河是美丽的，神奇的，值得流连的。

在奥地利选购水晶

如果时光倒退 20 年，也即 20 世纪 80 年代，出国对百分之九十九的中国人来说,还是一个遥远的梦,有些人连想也不敢想。笔者第一次出国是1994年,一晃也15年了。即便像我跑了十几个国家的,也属于难得出国的,平均一年有一次就算多的了。因为出国不像去北京去上海方便,去了,总要买些小礼品吧,家人、朋友、办公室的同事,礼轻情义重,意思意思还是要的。

但买小礼品对我这种平时不逛商店,不知价格,不领行情的书斋式人物来说就有点犯难了。好在现在有网络,查一查,就一目了然了。没想到儿子知道我去维也纳,早给我查好了。告诉我,维也纳最有名的是水晶饰件,而且要买施华洛世奇(Swarovski)的货,说这是水晶中的名牌,且是世界顶级品牌,据说当今世界大名人诸如麦当娜、贝克汉姆等都偏爱这品牌。儿子还告诉我,必须认准黑天鹅图案的商标。说实在,我平时对名牌不甚关注,只知道江苏东海是我国的著名水晶产地,坊间传言某伟人的水晶棺就是用的东海天然水晶制作的。我有一个文友曾出任过当地宝石公司的总经理,我多次托他购买过东海水晶项链,都是出国时作为礼品的。现在倒过来去海外买水晶制品了,哪个质量更好呢?

据我有限的水晶知识,我知道天然水晶产地除了中国江苏的东海,还有巴西、乌拉圭、南非等地。但看来施华洛世奇在女同胞那儿颇受青睐,大城市的白领对这品牌也不陌生,同去维也纳的三位女性临走前特地到上海的专卖店看了价格,据她们说,在维也纳购买,至少便宜三分之一的价钱,因此,她们带足了票子,志在必得。

俞力工会长为了不使三位女同胞失望,专门动用了他在维也纳的人脉关系,联系到了施华洛世奇总店的负责人,送我们去总店购买,总店在Karntner大街8号,即斯蒂芬大教堂的南面。因为俞力工的面子,我们几个一律享受七折待遇。

说是总店,其门面原没有我们国内的那些大商场或专卖店气派,不过样品委实不少,看得你眼花缭乱,所谓梦里挑花,挑得眼花。我先粗粗看了一下,有项链、手链,有挂件,有饰件,还有工艺品,最便宜的40多欧元,一般的100多欧元,贵的就不好说了,几百几千欧元的都有。几十几百一件,我们

还能消费得起,给老婆、女儿或儿媳、侄女等各买一两件也应该的,但同志哥哎,这是欧元! 比价是一比十,一乘十后,马上觉得烫手了。

我们只有一个小时的时间,购买也要速战速决。三位女同胞有目标而来,这件看中了,要! 那件也看中了,也要! 不一会儿就选定了一大堆。一问,有自己买的,有亲戚叫买的,有同事叫带的,有小姐妹托的,任务很繁重呢。

买东西其实也有点传染性的,见同去的如此疯狂购买,热情不减,我也看样学样挑了六七件,几乎把带去的欧元花了个精光。

我对水晶肯定属于外行,但我听东海的文友讲过水晶的鉴别,也算略知一二吧,以我的眼力观之,这施华洛世奇水晶比东海水晶似乎更纯更晶莹剔透,我怀疑是否天然水晶,不过其工艺是没话说的,绝对一流。这么贵的价钱,估计一半卖的是加工工艺。

与会的欧洲华文作家协会副会长李永华定居在捷克,据他介绍,施华洛世奇的原产地在捷克,原本是兄弟俩合伙做生意,后来不知为什么分道扬镳了,哥留在了捷克,弟移居到了奥地利,大约 19 世纪时,在奥地利西部的蒂罗尔发明了一种独特的切割玻璃的机器设备,借助这种设备,他的水晶生意在奥地利越做越大,名气也越来越大,以致知名度超过了捷克,形成了一种风靡欧洲,乃至世界的品牌。至此我才意识到施华洛世奇的水晶所以其价高于世界上其他水晶,因为他的品牌价比占了很大的成分。用一句乡下话乃"老价钱,买牌子",用专业术语"品牌乃无形资产"。

回国后,家里人看到几乎从来不买东西的我,买回了施华洛世奇水晶,都一个劲表扬我,看来花点钱还是值的。

莫扎特牌巧克力

　　欧洲华文作家协会第 8 届年会结束后,东道主安排我们去萨尔茨堡一游。萨尔茨堡是著名音乐家莫扎特的故乡,当然值得一看,我作为音乐的门外汉,能有机会去沾点音乐的仙气,感受感受音乐之乡的氛围,岂不人生快事。

　　在我的想象中,莫扎特的故乡,应该很古典很音乐,似乎一下车就能遇见引吭高歌的音乐家,就能看到如醉如痴的音乐演出,到处都是宣传海报,到处都是乐器商店,甚至随便伸手一抓就能在空气中抓出几个音符来。

　　谁知我在萨尔茨堡古老的街上,印象最深的竟是巧克力店。我虽不懂德语,但我也看得出大部分属巧克力专卖店,因为那些店专营巧克力。奇怪,怎么萨尔茨堡人这么喜欢巧克力,难道一个小小的萨尔茨堡对巧克力有如此巨大的消费市场,有如此不菲的购买力?

　　正这时,我收到了儿子从国内发来的短信,说他在网上查过了,萨尔茨堡的莫扎特牌巧克力极为出名,买一点回来尝尝。哦,原来这么回事。

　　我问了奥地利的文友,据他们告知:萨尔茨堡与欧洲很多城市一样,有产巧克力的传统,但如今其他地方都改为机制,流水线大批量生产,唯有萨尔茨堡依然手工制作巧克力,这种古老的工艺也许有几百年了,我不知何年何月注册商标莫扎特巧克力的,我只知道莫扎特逝世于 1791 年 12 月 5日,距今 200 多年了,由此推测,莫扎特牌巧克力至少是百年品牌了。

海外
见闻

后来，我查了相关的资料，了解到莫扎特巧克力球始创于 19 世纪中叶，莫扎特的纪念铜像在 1842 年落成，并举行了非宗教形式的庆典，从那时起，保护莫扎特文化的意识就此产生。精明的生意人看到了文化背后的商机，把甜食店的一种甜点贴上莫扎特的商标，于是具有了自己独立品牌的莫扎特巧克力球。从当时来说，借用一位大音乐家的名字来命名一种商品也算是一个大胆的创意。

欧洲人普遍反感机制的东西，尤其是食品，他们认为传统工艺，手工制作，往往味道更纯更美，因为手工食品包含了人工，其价格通常要高出机制的很多，但欧洲人还是会青睐于手工制作的。

常恺多次到过萨尔茨堡，情况熟悉，他如数家珍地告知整个萨尔茨堡还保留着五家正宗的手工制作莫扎特牌巧克力的百年老店，同属一个家族，就像我国苏州黄天源的糕团、采芝斋的糖果、陆稿荐的酱肉、朱鸿兴的面食、太仓牌肉松，分店再多，源出一家。因为是老店老牌子，名声在外，世界各地的游客无不认准了这几家，故而生意极为红火。我们也不能免俗，买的就是这品牌，买的就是这感觉，吃的就是这份心情，吃的就是这快感。我们拥进了一家正宗的莫扎特牌巧克力店，一问价钱，比普通巧克力店里的巧克力贵了好几成，散装的莫扎特巧克力 10 欧元可以买一小袋 11 个，如果有包装的，大约合到 12 元人民币一个，每个巧克力有我们儿时玩的玻璃弹子那么大，有一张锡纸包着，上有一个莫扎特的头像。

巧克力必须保存在低于 24 度的温度下，我担心带回国内拿出来已化了，不成型了，辜负了莫扎特这名牌。谢天谢地，到家依然一粒是一粒，家人都说口感不错，说香，说巧克力味纯、浓，说回味悠长。只有我吃不出有什么特别的味道，可能是我平时很少吃巧克力，没有比较的缘故吧。但家人说好吃，我也就很欣慰，因为我是不善买东西的人。

有意思的是莫扎特巧克力也像中国某些老字号品牌一样有过原创版权之争，打过品牌官司，在"莫扎特球"的商标上，有过"真正的""原创的"和"萨尔茨堡"的不同字样，以示正宗。最终，莫扎特球创始人的曾孙诺伯特·福尔斯特打赢了这场官司,赢得了包括独家经销权、出口权,包装的形式和颜色等的权利。

我不知萨尔茨堡有关当局有没有把莫扎特牌巧克力的制作工艺申报世界非物质文化遗产?但我知道,萨尔茨堡早已上了联合国教科文组织批准的世界自然遗产名录。

奥地利的建筑之美

有朋友及邻居知道我去了奥地利,去了维也纳,往往会脱口而出:"喔,去听音乐啦!"

奥地利是音乐之国,按一般常理,印象最深的无疑是音乐,但我可能就是马克思所说的属于"非音乐的耳朵",故我的奥地利之行,印象最深的竟然不是音乐,而是建筑,是雕塑。

在维也纳街头,在维也纳的旅游景点,可以毫不夸张第说:步移景换。换的是什么景?第一位就是建筑之景,第二位就是雕塑之景。

我也算到过十几个国家与地区的,高楼大厦,现代建筑算是见识过一些,古代遗存、古典建筑业算见识过若干,应该不属孤陋寡闻之辈,但到了奥地利才真正知道了什么叫保护,什么叫整旧如旧;知道了什么叫个性,什么叫风格;什么叫时代烙印,什么叫独具匠心;什么叫金碧辉煌,什么叫凝固的音乐,什么叫视觉冲击力,真正感性认识了哥特式建筑,认识了古罗马建筑,

海外
见闻

认识了巴洛克建筑,认识了文艺复兴建筑。

毋庸讳言,就建筑风格而言,印象最深的是哥特式建筑,其集中体现在教堂。高高的尖型肋骨交叉拱顶伸向云端,无限的神秘,把人的精神与思维引向广袤无垠的太空,引向全知全能的上帝,让人无形中产生遐想的冲动与幻觉的弥漫。加之大面积的花窗棂、彩色镶嵌玻璃,以及石头的骨架券和飞扶壁构成了它的沉重的基础与空灵的顶端,组合出了梦幻般的色彩。就视觉效果而言,哥特式建筑确实非常美观,尤其摄影效果,堪称美轮美奂。如果你走进哥特式教堂,因为建筑空间的高耸,因为人与建筑比例的严重失调,受头顶垂直而下的纵向空间压迫,受斑斑驳驳、闪闪烁烁,光怪陆离、若明若暗的阴冷光线的迷惑,你会自然而然地感觉自己的渺小,会自觉不自觉地匍匐在地,向高高在上,永远俯视着你的上帝虔诚祷告。

对我们中国人来说,较熟悉的是古罗马建筑。说白了,不少中国老百姓见识过的罗马柱,不外乎拙劣的复制品,移植几根所谓的罗马柱头而已。而真正的古罗马建筑,通常庄重、大方、气派,呈一种雍容华贵的气度,整体结构和谐而统一,最典型的是柱式与拱券的完美组合,有券柱式,也有连续券,既是结构,也是装饰。那逐层挑出的门框装饰,与那些交叉拱顶勾勒出雄浑之美,洋溢一种自信心态,给人留下深刻印象。

巴洛克建筑对中国人来说相对陌生些,它不像古罗马建筑那样凝重,也不像哥特式建筑那样神秘诡异,它的特点是青春了些,自由了些,夸张了些,豪华了些,那线条,那棱角,仿佛有动感,那装饰,那雕刻,无不色彩强烈,造型个性,富有浪漫主义色彩,甚至戏剧性色彩,给人感觉设计者想冲破什么,想表达一种不同以往的情趣、思维,与追求,但有些艺术表达过于烦琐,多少有些矫揉的成分。

我是个古典园林的爱好者,对中国古典建筑如卷棚式、歇山顶式,长廊、小亭,骑楼、水榭,花窗、漏墙、花街铺地还能说出一二,对西洋建筑原本就不甚了了,这次看到了实物,看到了不同历史时期的不同顶尖建筑。对于东西方建筑的比较,我感觉各有千秋,各有优长。